ひだまりに花の咲く

沖田 円

スターツ出版株式会社

『世界を変える方法を知っている?
とっても簡単なことなんだ』

目次

ひだまりに花の咲く

プロローグ

九年前に観た舞台を思い出していた。

空の大きな太陽とは違う、小さな太陽が眩しく照らす舞台の上。

そこには一輪の花が咲いていた。大勢の視線を一身に受けながら、ほんのわずかの躊躇《ためら》いもなく堂々と咲く、凛と美しい大輪の花だった。

その花に、憧れた。

舞台の上に立つ、まるで花のように誇らしげな、その人の姿に憧れた。

瞼を閉じれば今でも鮮明に思い出せる。見上げた場所で、たったひとりスポットライトを浴びていたあの姿を。声と、表情と、指先の仕草、体中のすべてで、ここにはないはずの世界をつくり、観客の心を舞台上へと強く引き込んだ姿を。

まだ夏が終わる気配を見せない、熱気に満ちた体育館の中、小さなわたしは夢中になって舞台の上を見つめていた。胸の奥は、夏の空気よりも熱かった。

今でも思い出せる。忘れたことはなかったから。

近づくことはできないとわかっても、決して手放せないほど、心が追いかけ続けた憧れだったから。

瞼を開ける。

ざわめきは止もうとしている。

「奏《かなで》」

果たして今のわたしは、あの頃のわたしをときめかせることはできるだろうか。

かつて憧れた花のように、わたしも小さなひだまりに、鮮やかに咲くことができるだろうか。

わからない。

だってすべてはこれから始まるのだから。

差し伸べられた手を握り、みんなと同じ場所を向いて、一歩踏み出したこの場所から、すべては始まる。

「おまえの花を咲かせて来いよ」

今わたしの胸に湧いているのは、遠くの憧れに灯された火じゃない。一緒にこの日を待ち続けた仲間たちが直接分けてくれた、確かな熱だ。

ぎゅっと握った拳を胸に当てる。不安がないわけじゃない。上手くいく自信があるとも言い切れない。

でも、きっと大丈夫だと思った。

わたしはどこにでも行ける。

何にでもなれる。

その手を取った瞬間から、ずっとこの日を待っていた。

わたしの物語は――わたしたちの物語は、今、この場所から始まる。

「行ってこい、奏」

「うん」

そして幕が上がる。

モノクロームに種をまく

世界が変わるきっかけというのは、いつ訪れるかわからない。

「二年一組の鮎原《あゆはら》奏、です。よろしくお願いします」

ぺこりと下げた頭の先には、にこにこ顔の小路《こみち》ちゃんと、加賀《かが》先生と、三人の生徒と、顔を知った元クラスメイトの男の子がひとり。

授業では使われていない旧校舎の一室を利用した部室は、様々な物で溢れて返っている。一体何に使うんだろうと思ってしまうような物も中にはちらほら。それでもこの全部が彼らにとっては大切な道具であるのだろう。テニス部のラケットやサッカー部のボールと同じ。ここにあるすべてがこの部にとって欠かせない物であるのだ。

ごちゃりとした室内で、思い思いの場所で過ごしている六人の視線は、一様にドアの前に立つわたしのほうへと向いていた。

暑くはないのに体温が上がり、背中にじっとり汗が滲む。意図せず泳いだ視線の先で、鋭い目と、目が合った。思わず後退《あとずさ》りしかけたわたしの背中を、小路ちゃんの手がぴしゃりと叩く。

「奏はあたしの友達なんだ。仕事はきっちりこなすよ。ちょい引っ込み思案だけど、超いい子だし」

その紹介要るかな、と思いつつちらりと横目で見た小路ちゃんは、晴れやかな笑顔でわたしに親指を立てていた。何もグッドじゃないよ、とはもちろん言えない。わたしの心情を知らない、もしくは知ったうえで無視している小路ちゃんは「ね、そうでしょ先生」と、わたしを挟んだ場所に立つ加賀先生へ問いかける。

「まあな、鮎原の真面目さに関しちゃ保証するよ。力になってくれるだろうさ」

この部の顧問であり、わたしの担任でもある加賀先生が、小路ちゃん以外の生徒を見回しつつ言った。

「てなわけで、鮎原には」

さっき小路ちゃんにされたように、加賀先生の手に背中をぽんとはたかれる。しゃんと背筋を伸ばせ、とでも言われているかのようだ。

「しばらく野々宮《ののみや》のサポートとして、うちの衣装作りを手伝ってもらうから」

みんなよろしくね、という小路ちゃんに合わせ、わたしは慌ててもう一度、腰が折れそうなくらい深く頭を下げた。

平日の放課後。新校舎を挟んだグラウンドからの声は遠い。視界にある汚れたシューズのつま先に、ぐしゃぐしゃに丸められた紙が落ちていた。

わずかに読み取れる文字がある。『演劇部、部員募集中』。

小路ちゃんからは、今年は一年生がひとりしか入らなかったと聞いている。現在この部活――ひなた野高校演劇部の部員は五名。

うちの学校は、生徒の自主性を重んじているためか部活動の発足基準が甘く、部や同好会が乱立している。そのためよほど人気でない限りどの部も常に人手不足であり、それはぎりぎり『部』を保てる人数しかいないこの演劇部でももちろんのことだった。イベントの際は助っ人を頼むことも頻繁にあるというが、現在は誰も手伝いに来てくれてはいないらしい。

今から参加する、このわたし以外には。

「こちらこそよろしくねぇ。三年生の和泉《いずみ》ひかりだよ」

弾んだ明るい声に顔を上げると、小路ちゃん以外で唯一の女子部員が、声と同じように弾んだ足取りでわたしの目の前にやってきた。長身から下がる腰まで伸びた髪が、わたあめのように無重力に揺れた。

「お手伝いに来てくれて本当にありがとね。小路ちゃんのお墨付きもらってるなら安心だしねぇ」

「い、いえ……とんでもござ、いません」

わたしの手を握りぶんぶんと上下に振るこの先輩のことを、わたしは知っている。

というよりも、この人のことを知らない生徒は、新入生であってもすでにほとんどいないはずだ。

三年生の和泉先輩は、その美貌で校内に名を轟かせていた。立てば芍薬《しゃくやく》座れば牡丹《ぼたん》、歩く姿は百合《ゆり》の花、微笑めばまさに薔薇《ばら》の園。外国の血を引いているという非の打ちどころのない外見は、男女問わず見るものすべてを虜にする。が、あまりに高嶺《たかね》の花であるため、これまた男女問わず彼女に声をかける猛者はまずいないという。事実、校内でこの先輩が誰かといるところを見かけたことはほとんどなかった。

「わたしはね、主に音響担当かなあ。あと、こんなだけど一応部長なんだぁ」

「ぶ、部長さん……ですか」

「でも部長らしいことはなんもしてないから、部長って呼ばなくていいからねぇ」

今のわたしたちを傍から見たら、フランス人形と出来損ないのこけしが向き合っているように見えているはずだ。わたしのちんちくりんさが際立ってしまっているだろうけれど、ここまで差があると比べて落ち込む気も起きないから楽である。

わたしは彼女のことを、一生関わり合うことのない雲の上の人だと思っていた。まさかこんなふうに会話をする日が来るとは、夢にも思っていなかった。

ただ、想像していたよりも少し、印象と違うような気がする。

「ねえねえ奏ちゃんって呼んでいい？　奏ちゃんって名前、可愛いねえ」

「は、はあ」

高嶺の花の思いがけないキャラクターに困惑していると、もうひとりそばにやってきた。

「一年の志波紡《しばつむぐ》です！　よろしくお願いします！」

「あ、はい。えっ」

返事をしながら振り向くと、目の前には絶壁があった。いや、絶壁ではなく、まだ型崩れしていない下ろしたてのブレザーの胸元であった。

恐る恐る顔を上げると、頭ふたつ分上からわたしを見下す顔が、ぺかっと笑う。

「え、近……」

「鮎原先輩、お手伝いに来てもらえてすごく嬉しいです！」

威圧、されているわけではないのだろう。けれどあまりの背の高さと距離の近さに、束の間心臓が仕事をやめた。

わたしの顔色は今、ちゃんと生きている人間の色をしているだろうか。

「あ、おれはまだ入ったばっかかなんでとくに担当とかなくて、先輩方のサポートをしながら勉強してる感じです！　いずれは脚本を書きたいなって思ってるんですけど」

「そう、なんですね……が、頑張ってください」

「やだなあ、先輩は先輩なんですから、敬語使わなくて大丈夫ですよ」

やはりぺかっと雨上がりのように笑う志波くんに、わたしは壊れたからくり人形のごとくいびつな笑みを返した。悪い人ではなさそう、だけれど。

さっき高嶺の花と触れ合ったせいでわずかに湿っていた手のひらが、今はびっしょり濡れている。

「ちょっと紡、あんたまた距離感間違えてるって」

小路ちゃんが志波くんをべりっと剥がした。隣で和泉先輩が春風のように朗らかに笑っている。

「紡くんはねえ、おっきくて迫力あるからねえ」

「そうだよ、何度も言ってるじゃん」

「おわ、いけね、またやっちまった。鮎原先輩サーセン！」

「い、いえ、お構いなく……」

志波くんが一歩下がって頭を下げる。その動作による風圧が、わたしのおかっぱ頭を揺らした。

ああ、やっぱり小路ちゃんの提案に乗ってしまったのは早計だっただろうか。ちょっと自信なくなってきた。

「奏、あとのメンバーはあっちの……」

小路ちゃんが指さすほうを振り返る。そこには、わたしのリボンと同じ色のネクタイ──つまり同学年の男子が、コンテナケースを椅子代わりにして座っていた。

「五組の笹川安吾《ささがわあんご》」

ぶっきらぼうにそう言い、その人、笹川くんはわたしを見た……と思う。本当にわたしのほうを見ていたかどうかは、眼鏡と長い前髪のせいで目が隠れているためよくわからない。

「安吾は主に大道具と小道具担当。て言ってもうちは人手足りてないから、あいつが仕切ってるってだけでみんなで手分けして作ってるんだけどね」

小路ちゃんが、あいつの愛想が悪いのは誰に対してもだから、と笑う。

もう一度笹川くんへ目を向けると、笹川くんはもうわたしを見てはいなかった。こちらには興味なさそうに、膝に置いた冊子をめくっていた。

「で、あとひとりはあれね。主に脚本担当」

小路ちゃんが顎で示す。その先には、窓際で桟《さん》にもたれるようにして立つ男の子がひとりいた。

もちろん彼がずっとそこにいたことは知っている。知っているからこそ、わたしはそちらを見ないようにしていた。

さっき志波くんのおかげで止まりかけた心臓が、今度は徐々に忙しなく働き出す。

「紹介はいらないか。知ってるよね」

もちろん知っている。

藤堂一維《とうどうかずい》くん。

彼とは一年生のとき同じクラスだったから。でも、話をしたことはほんの数度しかない。その数度も授業や係の仕事で必要だった最低限の会話だけ。クラスメイトであっても、これまでほとんど関りを持つことはなかった。

だって彼は、わたしとは真逆の人だから。

「あ、よ、よろしくね。藤堂くん」

震えないよう声を絞り出すと、藤堂くんはふいと目を逸らした。

「ああ、悪いな鮎原、手伝ってもらうことになって」

「ううん、わたしこそ、みんなの邪魔にならないように頑張るよ」

嘘はない。やるからには自分にできることを精一杯やるつもりだ。

ただ、自分がどこまで彼らの役に立てるのかについてはあまり自信がなかった。小路ちゃんにお願いされたから来てみたものの、わたしなんかに何ができるのだろうって、考えてしまう。

「ねえちょっと一維、せっかく来てもらったのに何その態度」

小路ちゃんが声を荒らげた。藤堂くんはわずかに唇をゆがませ、面倒そうに小路ちゃんを見る。わたしは思わず「ひぇぇ」と心の中で呻いてしまった。

「こ、小路ちゃん、わたしは気にしないよ」

「あたしが気にするの。あのね一維、手伝いが欲しいって誰より言ってたのはあんたでしょ」

「……わかってるって。感謝はまじでしてるっての」

藤堂くんは一度俯《うつむ》き息を吐くと、重たそうに伏せた頭を持ち上げた。視線は一瞬わたしに向き、それから小路ちゃんへと向かう。

「紡以外の新入生も、ほかの入部希望者もまったく来ねえ中なんだから。ひとりでも人手が増えればやれることは一気に増えるだろうよ。来てくれて、本当に助かる」

藤堂くんの左手が、彼の少し明るく染まった髪を掻き上げる。

藤堂くんは、目立つ人だ。かっこよくて明るくて、常にクラスの中心にいるような人。まわりのこともよく見つつ、自分の意見ははっきり発言する。時々きついことを言うこともあるけれど、それは彼に信念があるからなのだとみんなわかっている。いや、わかってもらえるような行動を、藤堂くんが日頃からしているのだ。

だからこそ、いつもたくさんの人の中心にいる。彼は、人から好かれて、憧れられる、ひなたにいる人だから。

わたしとは真逆。わたしは人前に立つのが苦手で、自分のことも上手く話せなくて、友達も少ないし、行動力も自信もない。

こんなにも違うから、藤堂くんは、きっとわたしのような奴は嫌いだと思う。

「だったらもっと愛想よくしなさいよ。そんなしかめっ面して」

「そっすよ一維先輩。安吾先輩じゃあるまいし」

「一維くんどうしちゃったの？　奏ちゃん来てくれて嬉しいよねえ？」

「……ああ、手伝いに来てくれたことは、素直に嬉しいよ」

みんなに詰め寄られ、藤堂くんはため息まじりに返事をする。笹川くんはその場を動かずじっと藤堂くんを見ていて、加賀先生は腕を組んだまま、黙って笑みを浮かべていた。

五月はじめの放課後。古い旧校舎の窓が、急に吹いた風に不気味に揺れた。中庭をどこかの運動部が走っている。

「でもおれ」

藤堂くんは、犬が威嚇《いかく》するときみたいな顔で、わたしを見ていた。

「鮎原みてえな奴、苦手なんだよ」

ええ、知っています。


なぜわたしが演劇部のお手伝いをすることになったのか。

事の発端は二日前に遡る。

「ありがとうね奏。荷物持ちさせちゃってほんとごめんねえ」

両手に大荷物を下げ、駅までの地下街を行く道すがら、小路ちゃんが言った。

わたしは小路ちゃんが持ちきれなかった紙袋をひとつ抱えながら、隣を歩く小路ちゃんに向け首を横に振る。

「ううん、わたしも楽しかったから大丈夫だよ。また誘ってね」

「奏ぇ……ありがとう。かわいい。大好き」

「えへへ、わたしもだよ。あのお店、いろんな物があってすごかったね」

春の終わりのうららかな土曜日、在来線と地下鉄を乗り継いで、小路ちゃんとふたり、普段は使うこともなければ遊びに来ることもない、馴染みのない駅までやって来た。目的は、布地を中心とした問屋街であるこの駅付近にある、布の大型専門店に行くため。

アニメや漫画が大好きな小路ちゃんは、中学生の頃からコスプレというものにはまっていた。小路ちゃんのすごいところは、コスチュームを着て楽しむだけでなく、どんな衣装も一から自分で作ってしまうところだ。大変でしょ、と訊いたら、小路ちゃんは「大変だけど、魂が作れと叫ぶから！」と何やらかっこいいことを言っていた。

イベント前にもなると、毎回必要な材料をどっさり買い込むらしい。いつもはひとりで行くか、家族の誰かに付き合ってもらっているそうだが、今日に限ってご家族は都合がつかず、しかし小路ちゃんひとりで買い出しに行くにはちと欲しい物が多すぎるそうで。教室で頭を抱えて悩んでいたので、暇だったわたしは、自ら荷物持ちを申し出たのだった。

「それにしてもいっぱい買ったねぇ」

「まあね。欲しいやつ買えてよかったよ」

紙袋の中には、メートル単位で買った多種多様な布地に加え、ビーズにボタンにリボンに糸、金具類などが山ほど詰め込まれている。これだけの材料があると、わたしだったら何から始めればいいのか迷ってしまいそうだけれど、小路ちゃんの頭の中には、何をどう使ってどう作るか、最初からプランが浮かんでいるらしい。

「無事に全部揃ったし、あとは製作に集中するだけだね」

小路ちゃんが嬉しそうに笑うから、わたしもつい、にへらと顔が緩む。

わたしには小路ちゃんの趣味はちょっとわからない。でも、好きなことに真っ直ぐなところと、真っ直ぐになれるくらい好きなことがある小路ちゃんのことを、誰よりも尊敬しているのだ。

「実は、奏にも一回くらい着せたいなと思う衣装もあるんだけど」

「へっ？」

悪い魔女みたいな顔をする小路ちゃんに、わたしはつい紙袋を落としてしまいそうになる。

「わ、わたし？」

「うん。あたしよりも奏に似合いそうなのがあってさ。ねえ、どう？　興味ない？」

「き、興味というか……無理だよ、わたしはそういうの、苦手だから」

コスプレというのは、普段では着ないような格好をして、かっこいいポーズで写真撮影をしたり、堂々と大勢の前に立ったりするものだと聞いている。

そんなのわたしにはできない。わたしは人前に立つのも、目立つのも、苦手だから。想像しただけで体中から気持ち悪い汗が噴き出しそうになってしまう。

「知ってるよ。でも、だからこそなんだけどね。コスプレって、違う自分になれるから、普段はできないようなこともできたりするんだよ」

小路ちゃんがまん丸の目をわたしに向ける。

「そうかも、しれないけど……」

「まあ、無理強いするものでもないからね。楽しくなきゃ意味ないし。気が向いたら付き合ってよ」

「う、うん。ごめんね小路ちゃん」

「あはは、なんで奏が謝るの？　むしろあたしのほうでしょ」

小路ちゃんの肩がわたしの肩を小突いた。

いつも陽気な友達を横目に見ながら、もしも、って考える。もしもわたしが小路ちゃんみたいにポジティブで明るかったら、わたしも自分のやりたいことを見つけられるのだろうか。

「あの、そういえば、不思議に思ってたんだけど」

心の中に湧いたもやもやを振り払いたくて、今思い出したみたいに、気になっていたことを訊ねてみる。

「わたしが持っているこっちの布、ほかのと分けて買ってたよね」

「うん、そうだよ」

「なんでかなって思ってたんだ」

わたしが抱えている紙袋の中には、四種類ほどの色や材質が違った布地が入っている。ほかにも一緒にレジまで運んだ物もあったのに、なぜか小路ちゃんはこの四種類だけ別々の会計を頼んでいた。

「そっちは自分の買い物じゃなくて、演劇部用のなんだ。部費で精算できるから、レシート分けなきゃいけないんだよね」

「ああ、そうだったんだ」

「うん。こっそり自分用のもそっちで勘定しちゃいたくなるけど、ばれて怒られるの目に見えてるからさあ」

冗談なのか本気なのかよくわからないことを言って小路ちゃんは笑う。

「演劇部の……」

小路ちゃんは一年生の頃から演劇部に入っている。中学でも演劇部員で、そのときには衣装係を専属で勤めていたらしい（そこで服作りの腕を磨きコスプレにも目覚めたのだとか）。

今の学校では部員が少ないから、大道具小道具に、専門的な機器も使う照明、音響、時には演者もこなすそうだけれど、基本的には小路ちゃんは衣装作りを担当している。

これまで、何度か製作した服を見せてもらったことがあった。どれも素敵で、着る人を引き立たせる服だった。そして、その服を着た人がどんな声で、表情で、どんな人になりきって舞台に立つのかを、想像させるような服だった。

「……そっか。これが、役者さんたちの服になるんだね」

今はまだ一枚のまっさらな布だけれど、これがいつか舞台に立つ人を飾るようになる。これを着た役者さんは、誰より眩しい光を浴びて、誰より綺麗な花になる。

「ねえ奏」

はっとして顔を上げる。じっと布を見ていたのを変に思われたのか、小路ちゃんは何やら目を細め、わたしを覗き込んでいた。

「な、何？」

「あんた、やっぱり二年になっても部活するつもりない？」

「え？　うん、とくにないよ」

唐突な問いかけに驚きながらも、迷うことなく頷いた。

部活をしたくない理由があるわけではない。ただ、部活に入りたい理由もなく、何となく一年間帰宅部として過ごしてしまった。

めでたく進級した先月。この機会に入部や転部をする人もいなかったわけではないけれど、わたしは何かを始めようとは思わなかった。

やりたいことがない、というのがふたつある理由のひとつ。もうひとつは、繋りの強い集団の中に入って、まともに人間関係を築けるかどうかの不安があったから。

わたしは、自分の気持ちを話すのがちょっと苦手だ。相手を不快にさせてしまうのが怖い。相手がどう思っているのか知るのが怖い。そんなことばかり考えて、気持ちを素直に口にできなくなる。相手が慣れていない人だと余計に緊張して、何も言葉にならなくなってしまうのだ。

だから友達づくりも得意じゃなかった。小路ちゃんみたいにめげずに付き合ってくれる人はまれだ。大抵は仲良くなる前に置いていかれてしまう。

けれど、今のままで不満はなかった。わたしは今に満足している。

わたしは、クラス内につくられたピラミッドの中では一番下のところにいる。いわゆるヒエラルキーというやつの最下層。でも、目立たないこの場所は意外と居心地がいいし、見上げる場所に嫌な人たちがいるわけでもない。友達と言える人は小路ちゃんだけでも、なんだかんだ周囲の人たちとは平和に仲良くやっている。

わたしは今のままで十分楽しい高校生活を送っているのだ。強がりでもなんでもなく。だからとくに新しいことを始めようだなんて考えてはいなかった。むしろわたしは今のこの平和を満喫したかった。わざわざ冒険をする気なんて、ほんのちょっとだってなかったのだ。

「じゃあさ、奏。お願いがあるんだけど」

駅の改札を必死こいて抜けながら小路ちゃんが言う。小路ちゃんが通り抜けてから自分の切符を取り出したわたしを、改札の向こうの友達は振り返った。

「うちの部に手伝いに来てくれないかな。来れるときだけでいいから」

「小路ちゃんの部って……演劇部？」

「うん。あたしの衣装作りを手伝ってほしいんだ。うちの部、人手不足でさ。新入生も結局ひとりしか入らなかったんだよね。見学には何人か来てたのにさ」

わたしは切符を改札に通し、うな垂れる小路ちゃんの隣に並ぶ。

「ひとりだけだったんだ。じゃあ今は小路ちゃん入れて……」

「五人しかいないの！」

ぱっと顔を上げた小路ちゃんに驚いてのけ反りつつ「そう、だったね」と答えた。

ホームへの階段を下りていく。電車はそれほど待たずに来るはずだ。うちの最寄り駅と違って、都会の地下鉄は本数が多い。

「時間は、たくさんあるんだけど……でも、お手伝いなんてできるかな、わたしに。ほかの部員の人に迷惑かけちゃうかも」

「大丈夫だよ。やってもらうのは簡単なことだし、助っ人はよく来てもらってるから、みんな慣れてるし。それに部員数少ないから、奏も気を遣わずに済むと思ってるんだけど」

「そ、そう」

「ねっ、お願い奏！ まじで今、全然手が回ってなくてやばいんだ。あたしこんなの頼めるの奏しかいないんだよう」

小路ちゃんの左右の指先がピッとくっつく。「お願い」のポーズを取りたいみたいだけれど、荷物を抱えすぎていて手のひらを合わせることができないらしい。

うぅ、と心の中で唸った。正直なところ不安しかない。やれるだろうか、わたしにできるだろうか。

でも、わたしは小路ちゃんが部活を頑張っていることも、いつも忙しくて大変なことも知っていた。唯一の友達の必死なお願いを、無下にすることなんてできなかった。

「わ、わかったよ、小路ちゃん。やるよ、わたし」

「本当⁉」

小路ちゃんの声がホームに響く。わたしは、ちょっと早まったかな、と思ってしまったのだけれど、時すでに遅かった。

「じゃあ、さっそく月曜からよろしくね！」

小路ちゃんの目は、素敵なコスプレイヤーさんを見つけたときみたいに輝いていた。


演劇部のみなさんにご挨拶をしたあとの帰り道、小路ちゃんが何度目かの雄叫びを上げた。

「一維の奴！　何あいつ！」

通りにはもう街灯が点いている。夕日は今に見えなくなろうとしているところで、空が夜になりかけている時間だった。

車のほとんど通らない学校近くの裏通りを、小路ちゃんと並んで自転車を漕いでいる、初夏のマジックアワー。

「もういいよ小路ちゃん。わたしは気にしてないから」

「だからあたしが気にするんだって！　なんなのあいつ、あんなこと言う？」

「仕方ないよ。わたしが悪いんだと思う」

「そんなわけあるか！　だって奏は、別に一維の嫌がるようなことをしたわけじゃないでしょ」

「それは……」

それは、そうだけれど。わたしは藤堂くんとほとんど喋ったこともない。だから、関係性にはっきりと亀裂が入るようなことはしていないはずだ。わたしと彼とは、そんなことすらできないような間柄でしかない。

でも、さっき部室で面と向かって「苦手」だと言われたとき、何となく納得してしまった。驚いたしショックも受けたけれど、言われなくたってわかっていたことだったから。

わたしみたいにうじうじしてどん臭い、常に脇役みたいな人間、そりゃ、藤堂くんのような主人公にとっては、邪魔者でしかないだろう。

「……あいつ、ああいうこと言う奴じゃないはずなんだけど」

小路ちゃんがため息まじりにつぶやく。

あのあと――演劇部の部室にお邪魔して挨拶をしたあと、わたしは小路ちゃんに連れられて『製作室』と呼ばれる隣の教室へと移動した（なんと演劇部だけで四室使っているそうだ）。

その製作室の四分の三は大道具の作業場、残りの四分の一は、小路ちゃんの城である衣装製作の場となっていた。背の高い棚とカーテンで隔離された空間には、たくさ

ん の布と糸、こまごました小物と、そして一台の足踏みミシンが置かれていた。

ひとまず今日は、その作業場の案内と、普段小路ちゃんがしていることの説明を聞いただけで終わった。

だから、あれから藤堂くんと顔を合わせることはなかった。これ以上藤堂くんに嫌な思いをさせたくなかったし、その感情を向けられ続けるのも辛いから、よかったと思っている。

「一維はさ」と小路ちゃんが言う。

「あたしにだって偏見なく接してくれるんだよね。だからあれは、あたしもかなり驚いた」

「そりゃ、わたしと小路ちゃんは違うから」

「違うけど、そうじゃなくて。あたしはほら、オタクだし、クラスじゃ地味グループに分類されるじゃん。一維みたいにいつも中心にいるきらきらタイプとはまるで住む世界が違うって思ってたわけ」

「わたしには小路ちゃんもきらきらして見えるよ」

「ありがと、奏ほんと好き。あのさ、でもあいつ、そういうの気にしないんだよね。自然と貼られるレッテルみたいなのっていうか。そんなので自分を上に見たり、相手を下に見たりしないの」

小路ちゃんがペダルを空回りさせる。

「あたしも入部して初めて会ったとき、苦手なきらきらタイプの男子だって思ってたんだけど、実際に話してみたら、あいつ意外とわがままであほで、頑張り屋で真面目でさ、思ってたのと結構違ってて。あたしもあいつに対して、自分と違うっていうレッテル貼っちゃってたんだって気づいたんだよね」

ちらりと見た小路ちゃんの横顔は、怒っているというよりも、少し寂しそうに見える。

「だから、あいつがあんなこと言うの、驚いた」

「……小路ちゃん」

「でもま、言ったことは事実だから。ごめんね奏、嫌な思いさせちゃって。一維にはまた明日きつく言っておくから」

小路ちゃんがにかっと笑う。

「だから、手伝い、続けてもらえるかな？」

「うん、もちろん。頑張るよ」

「ふふ、ありがと」

本当はかなり自信を削がれている。わかっていても、納得していても、ショックが薄れるわけじゃない。

でも、そんなことで小路ちゃんのお願いを断りたくもなかった。部活中には必ず小路ちゃんがいてくれるし、ほかの部員さんたちには嫌がられていなかったみたいだから、藤堂くんとさえ接しないようにしたらなんとかなるはずだ。

基本的には小路ちゃんのサポートをしたらいいという話だから、そもそも彼とはそんなに関わることもないと思う。

「ひかり先輩と紡なんかは話しやすいし、あんたのことも気に入ってたから。もしも何かあったら手を貸してもらえると思うよ」

わたしの考えに気づいたのか、小路ちゃんが言う。

「あ、でも安吾にだけは気をつけて」

「安吾……笹川くん、だっけ？」

「うん」

長い前髪で顔を隠した、無口な印象の人だったっけ。

確かに彼にもあまり好意的な反応はもらえなかったけれど、あの態度は誰にでもって、小路ちゃんが言っていたような。

「あいつ、一維大好き人間だから」

な、なるほど？

◇

次の日から本格的に演劇部のお手伝いをするようになった。

来られる日だけでいいと聞いていたけれど、わたしはバイトも塾もしていないし小路ちゃん以外に友達もいないから、小路ちゃんが参加する日はわたしも毎日お邪魔することにしていた。

手伝いと言っても、わたしにできることは限られている。小路ちゃんと違い、わたしの裁縫技術は家庭科の授業で習ったレベルなのだ。あまり複雑な作業をこなすことはできない。

もっとも小路ちゃんもそれは承知のうえであり、簡単なミシン縫いや飾りつけ、多少ずれても構わない裁断や、裁縫と言うよりほぼ工作のような小物作りなど、わたしにできそうな作業だけをこちらに振ってくれた。手伝いながら、これは本当に手伝いになっているのだろうかと何度か疑問に思ったけれど、できた物を渡すと「ありがとう、助かったよ！」と小路ちゃんが笑ってくれるので、とりあえず、もういらないと言われるまでは続けてみようと思っている。

わたしは秘密基地のような小路ちゃんの作業場の隣、大道具スペースの一角をお借りして作業している。小路ちゃんの城のように仕切られてはいないが、小さなテーブルと椅子、そして家庭科室にあるのと同じ足踏みミシンがそこには置かれていた。

ここは、和泉先輩と志波くんがわたしのためにこしらえてくれた場所だ。わざわざ使っていないミシンや台を探して用意してくれたらしい。

それを知ってちょっとほっとした。わたしがいることを悪く思わない人もいるのだと、そう思うだけでなんとか逃げずにいられる。

「小路ちゃん、この服の修理、終わったよ」

放課後。隣のカーテンを開け、製作室の片隅で一心不乱にミシンを踏み続ける小路ちゃんの背中に声をかける。

「お？　もうできたの？」

手を止め振り返る小路ちゃんに、直したばかりの衣装を渡した。今日のわたしの仕事は、衣装のほつれや取れたボタンを直すこと。小路ちゃんに出来を確認してもらって、オッケーをもらえれば完了だ。

「ばっちりだね、ありがとう！　奏、最近腕上がってきたんじゃない？」

「えへへ、そうかな」

「こうなりゃ、あたしの個人的な趣味のほうもやってもらっちゃおうかな……」

「そ、そっちはちょっと……えっと、次に何かすることある？」

時計を見ると、五時半を指していた。いつもの帰宅時間は六時過ぎくらい。まだ帰るには少し早いし、小路ちゃんも作業を終えていない。

「んー、あたしのほうはもう大丈夫かも。どうする奏、先に帰っててもいいよ」

「ううん、小路ちゃんが終わるの待ってる」

「りょーかい、あたしはたぶん、あと三十分くらいで区切りつくから」

「じゃあ和泉先輩たちに手伝えることがあるか聞いてくるね」

和泉先輩と志波くんは、隣の教室――初日にみんなに挨拶をした、みんながいわゆる『部室』と呼んでいる部屋で、台本の読み合わせをしているらしい。藤堂くんはまた別の部屋で、ひとり何かの作業をしているそうだ。

わたしは、床に転がる板やら絵の具やらノコギリやらを踏まないようにドアへ向かい、製作室を出ようとした。

そこで、ふと足を止め振り返る。そういえば、この部屋には小路ちゃんとわたし以外にも、もうひとりいたのだ。

一応彼にも聞いておいたほうがいいだろうか。これまで、首を横に振られたことしかないけれど。

「あ……笹川くんは、何かお困りごとは……」

訊ねると、笹川くんはこちらを見ずに小さく首を振った。そうでしょうなと思いつつ、「手伝えることがあったら言ってね」と伝え、隣の教室へ移動する。

部室のドアは開いていた。それでも入る前にノックは必要だろうと、右手を上げ、引き戸を叩こうとした。

けれど手を止め、物の多い室内で向かい合って座る、ふたりを見つめる。

「『ならばきみは、空を飛ぶ羊を見たことがあると言うのかい？』」

ほかに物音のない室内に、和泉先輩の声が響いた。いつもの高く朗らかな声色とは少し違う、琴の音色のような深く凛とした声だった。

西日の当たる中庭を背景に、和泉先輩と志波くんの姿がはっきりと浮かんでいる。

「『ああそうさ、もう六年も前の話だけれどね。確かにこの目で見たんだ。星の丘の上で、雨の上がった空に』」

和泉先輩の問いに……和泉先輩がなりきっている「役」の問いに、志波くんが答えた。

「『羊はどこへ向かっていた？』」

「『東へ。ずっと東へ。彼は何を求め、空を泳いでいたのだろうね』」

和泉先輩に比べると、志波くんの台詞回しは少し拙いように思える。それでも彼の台詞からは、志波くんではない別の人の心が見えていた。

場所は……どこだろう。「その人たち」のいる場所は。草原？　でも、そこまで豊かじゃない。ところどころ土の見えた、風の強い大地の上で、見知らぬ者同士のふたりは同じ空を見ている。

そんな景色がふいに浮かんだ。目の前にあるのは、見慣れた教室のはずなのに、どこか知らない世界が一歩踏み出した先にあるような、そんな気がしていた。

わたしは、ふたりの「役者」の姿を、時間が止まったみたいに見ていた。

「ありゃ、奏ちゃん？」

ふと和泉先輩の目がこちらに向いた。わたしは慌てて頭を下げる。

「あ、す、すみません。邪魔してしまって……」

「そんなことないよぉ」

花のかんばせに小首を傾げながら微笑まれると、心臓がむぎゅりと潰されたようになる。美人は三日で飽きると言うけれどあれは絶対に嘘だ。もうお手伝いを始めて二週間になるけれど、わたしはまだ和泉先輩のお姿にほんのわずかだって慣れていないのである。

「好きに入って来てくれてよかったのに。ねぇ紡くん」

「そっすよ鮎原先輩」

「そう、そうですか？　ありがとう、ございます……」

でも、ふたりと話をすることには少しだけ慣れてきた。このふたりは小路ちゃんみたいに気兼ねなく話しかけてくれるタイプだからだと思う。慣れたといっても、本当に、ほんのちょっとだけだけれど。

「さ、こちらにどうぞどうぞ」

「え、ええ？」

「ここ座ってぇ」

用事がなければ居座るつもりはないのだが、あれよあれよとわたしの椅子が用意されてしまった。

和泉先輩と志波くんとわたしとで三角形になって座る。夏の大三角みたいだなあと思ったけれど、もしもわたしが星なら六等星だから、ふたりと線で結ばれることはないだろう。和泉先輩も志波くんもきっと一等星だ。

「奏ちゃん、何かご用だった？」

「え、あ、いえ、小路ちゃんのお手伝いが終わったので、何かやることはないか聞きにきたんです」

「そうだったの。んー、でもとくにないよね、紡くん」

「そっすね。おれらも今やることは、これの練習だけっすから」

志波くんが、今の今まで読んでいた本の表紙を見せてくれる。手作り感のある薄い冊子だ。

「来週、市民会館で小規模の演劇祭があって。そこでこれをやるんです。ひかり先輩とおれの二人芝居で、演出、監督は一維先輩」

「『雲の羊』？」

聞いたことのないタイトルだ。演劇の分野では有名な作品なのだろうか。

わたしが首を傾げていると、「ああ、これはね」と和泉先輩が笑う。

「一維くんが書いた脚本なんだ。誰にも信じてもらえないけど、自分だけは空飛ぶ羊が実在すると信じて、ひとりでとても長い旅をする話」

「藤堂くんが……」

志波くんが本を貸してくれたから、ざらっとした紙でできた表紙を捲《めく》った。見返しの部分には、表紙と同じ『雲の羊』というタイトルと『脚本・四十二期　藤堂一維』という文字が書かれていた。

「……藤堂くん、脚本なんて書けるんですか。すごいなあ」

「ほんと、すごいよねえ。有名作品とかOBのオリジナルとかも色々やるけど、わたしは一維くんの脚本、結構好きなんだあ」

「おれもっす！　一維先輩まじ憧れ！」

誰よりも大きいのに、小さい子みたいに志波くんは頬を赤くする。そういえば、いつか脚本を書きたいのだと言っていた気がする。

許可を得て、ぱらぱらとページを捲った。演劇の台本を読むのは、小学校二年生の学芸会以来だ。

台本には、人物名の下に台詞が書かれていて、背景と動作、心情が簡潔に記されている。いかに端的で正確であるかが重要で、無駄はほんのわずかもない。

ここから役者は「登場人物」の姿を汲み取り、文字でしかなかった「人物」を――ひとつの世界を、舞台の上につくりあげるのだ。

「……志波くん、ありがとう。舞台に立つんだね、頑張ってね」

「えへへ、あざっす！」

本を志波くんへと返却した。四隅が折れ曲がり、何度も読み込んでいることがわかる本だった。

「実はおれ、この作品で役者デビューなんですよ。でも演技するって思ってたよりずっと難しくて」

志波くんが、まるで乙女みたいに、本を両手で大事そうに抱え込んだ。

「先輩たちに追いつこうと必死だけど、これがなかなか。上手くいかないもんです」

「で、でも今のはすごかったよ。わたし、見惚れちゃってたくらいだから。あの、志波くんも、和泉先輩も、すごく、すごくて」

自分の語彙力に呆れそうになる。こんなのじゃ伝えたいことのひとつも伝えられていないだろう。なのに志波くんは「まじっすか！」と表情を梅雨明けみたいに晴れさせた。

「嬉しいなあ！　ね、先輩」

「うんうん、嬉しいねぇ」

とろけそうな笑みで頷きながら、和泉先輩は閉じていた台本を開いた。練習を再開するのだろうか。それなら出て行ったほうがいいだろうとわたしが腰をあげたとき。

ふと、和泉先輩が自分の台本を掲げた。

「ねえねえ、奏ちゃんも読んでみる？」

は、と声には出さず口だけ開けて、ほんの一瞬言葉の意味を考えた。

「い、いえ！　わたしは、その」

「楽しいよぉ」

「そ、そうかもしれないですけど」

慌てて両手を振る。和泉先輩が言っているのは、ただ本を黙読するということではないだろう。

和泉先輩と志波くんがしていたことを、わたしにしてみたらと言っているのだ。

「わたし、こういうの、できないので……」

わたしには無理だ。

人前で自分を表現することは、もっと、眩しい人たちのすることだから。わたしにできることじゃない。

「そう、残念だなあ。じゃあ、また奏ちゃんの気が向いたらね」

「あ、えっと」

「おれの練習にも付き合ってもらえると助かります！」

「いや、あの……」

へへ、と愛想笑いで誤魔化《ごまか》す。手伝えることは手伝うつもりでいる。けれどそれは、わたしにできる範囲内でのことだ。

「あの、邪魔しちゃいけないので戻りますね。何かあったら呼んでください」

席を立って、ふたりの顔を見ないように教室を抜け出した。

不自然だっただろうか、何か言われていないだろうか。教室と教室の間に立ちながら考えた。

廊下にひと気はなく、古い木造の校舎は時々どこかで音が鳴る。家鳴《やなり》って妖怪が鳴らしているんだよって、小路ちゃんが教えてくれたことがある。

「うぅ」

両方のほっぺたをぱしりと叩き、何となく重い体を動かして製作室に戻った。こっちでおとなしく小路ちゃんの作業が終わるのを待っていよう。そう思ったのだけれど、部屋に入ってもミシンの音が聞こえない。

「あれ、小路ちゃん？」

カーテンを開けて作業場を覗くと、小路ちゃんの姿がなかった。止まったミシンには、まだ縫いかけの布がセットされたままになっている。

「野々宮さんなら、トイレ行ったよ」

ふいに後ろから声がかかる。笹川くんはこちらを見ずに、ベニヤ板に色を塗り続けている。

「あ、そ、そう。教えてくれてありがとう」

返事はない。もしかしてさっきの言葉すら幻聴だったのかと思うほど、笹川くんは黙々と自分の世界を生きている。

あまりにも静かだった。刷毛の音って、普段からこんなにも大きく聞こえていただろうか。

いたたまれなくて、「あの」と声をかけてみる。

「なんか、ごめんね。大道具の場所使っちゃって」

言おうと思いつつ言えていなかったことだ（というか、小路ちゃんに言う必要はないと言われていた）。わたしの作業場を作ってもらえたことで、笹川くんの作業スペースが、ほんの少しではあっても減ってしまっていることについて。

「笹川くんに許可取ったっていうのは聞いてるけど、狭くなるのには嫌だよね。でも、なるべく邪魔にならないようにするから」

反応がないのはわかっている。わたしは彼に聞こえないようにため息を吐いて、自分の椅子に座ろうとした。

けれどそのとき、つと、笹川くんが顔を上げた。

長い前髪と眼鏡越しに、眠そうな目が、確かにわたしを見ていた。

「……」

「な、何でしょうか……わたしの顔に何か付いているでしょうか……」

「……一維が」

「え?」

「一維があなたのこと苦手っていうの、わかる気がする」

ごちん、と頭をカナヅチで殴られた気がした。

手伝いを始めて早二週間、ようやく目を見て会話できたと思ったら、まさかまたも面と向かって「苦手」と言われるとは。

しかも、わかる気がするってことは、笹川くんは藤堂くんと同じ理由でわたしを苦手に感じているということだろうか。笹川くんと藤堂くんとは随分タイプが違う気がするけれど、彼のような人にも、わたしはそんなに、駄目な人間に映っているのだろうか。

「あ、あの」

笹川くんがふたたび作業に没頭してしまう前に声をかけた。笹川くんは、まだこちらを見てくれている。

「わたしの何が、いけないのかな。いや、わかるんだけど。わたしなんてつまらないし暗いし、人に好かれるタイプじゃないから。友達も小路ちゃんしかいないし」

「おれも友達一維だけだよ」

「あ、あ？　そうなんだ？　あの、だからつまり、どういうところが苦手と思われているのか、具体的なのがあれば、教えていただけたら、と思って。そしたら少しでも、みんなに嫌な思いをさせなくて済むかもって」

せっかく笹川くんがこちらを見ているのに、いつの間にかわたしのほうが俯いて目を逸らしていた。

人に好かれたいと思っているわけじゃない。ただ、どうしたら迷惑をかけないか、必要以上に嫌われることがないか、考えながらじゃないと、人と接することができない。

笹川くんが答える。

「どういうところって、そういうところじゃない？」

「そ、そういうところ？」

「うん。そういうところ」

どういうところ？

首を傾げていると、隣の教室の扉ががらりと開く音が聞こえた。和泉先輩たちがいるほうと逆の部屋だ。

ぺたぺたと短い足音のあと、今一番会いたくなかった人が、開けっ放しの入り口から顔を出す。

「悪い安吾。一冊見つからねえ本があんだよ。一緒に捜してくんね？」

藤堂くんはわたしにもちらりと目を向けたけれど、それきり視線は寄越さなかった。

この二週間、藤堂くんとだけはまったく話をしていない。別に藤堂くんがわたしを無視しているわけではなく、わたしが彼を避けていることを知っているから、向こうからもあまり接触してこないのだ。そういう気配りもできるいい人なのだと、ちゃんとわかっているのだけれど。

「無理。今手が離せない」

「ああそっか、ならいいや。邪魔してごめんな」

「待って一維」

戻ろうとする背中を笹川くんが呼び止める。

振り返った藤堂くんに、刷毛を振りかざした彼は、藤堂くんが……そしてわたしが、驚いて固まるひと言を口にしたのだった。

「鮎原さんが暇そうだよ」


この部屋に入るのは初めてだった。製作室の、部室じゃないほうの隣の教室。部室も製作室も物で溢れているが、こちらの部屋も大概だ。ただほかの部屋と違うのは、この部屋に溢れている物は、すべて書物であるというところだった。

四方にずらりと並んだ棚には隙間なく本が詰められている。そして床に無造作に置かれた段ボール箱や、作業台のような大きなテーブルにも、大きさも厚さも様々な書籍がどっさりと山積みにされていた。

整理されている様子はとんとなく、雪崩が起きたままの形になっているテーブルの上の山から、一冊本が滑り落ちる。

「参考にしてる小説とか、伝記とか、脚本」

なんだこれ、とわたしが思っていたことに気づいたのだろう、訊いていないのに教えてくれた。

藤堂くんは、崩れた本の山から一冊を手に取って、それをてっぺんに乗せる。

「捜してほしいのは、『牛をつないだ椿の木』っていう脚本なんだ」

「『牛をつないだ椿の木』？」

「そう。そんなに厚くない本で、表紙の色は……なんだったかな」

「わ、わかった。捜してみるよ」

「ああ、頼む」

藤堂くんが段ボールの中を捜し始めたから、わたしはテーブルの上の山を見ていくことにした。

大量の脚本、台本はどれも題名が違う。『銀河鉄道の夜』や『西遊記』などわたしも知っている有名な物語もあれば、まったく知らないタイトルもある。あまりに量が多いから、今の代の演劇部がこのすべてを演じてきたわけではないのだろう。長い時間をかけて、代々の部員たちが集めて演じてきたのだ。

……もしかしたら、あのときに見た人も、この中にある本を演じたのだろうか。

「ここにもねえなあ」

びくっと肩が揺れた。振り返ると、藤堂くんは別の段ボール箱を探ろうとしているところだった。

わたしは胸に手を当てながら、目の前の本の山に向き直る。

藤堂くんといると、少し息がしづらくなる。物音ばかり大きく聞こえて、自分の指先の動きひとつまで妙に意識してしまう。それは、笹川くんとふたりきりのときとはちょっと違う、もっとちくちく刺さって、ずっと重たい、逃げ出したくなるような緊張感。

「……」

藤堂くんに言われたこと、自分で思っていたよりも気にしているらしい。馬鹿みたいだ。藤堂くんのような人が、わたしみたいな何の取り柄もない人間にいい印象を持つはずがないのはわかっていたくせに。

でも、好かれないのと嫌われるのとは違う。興味を持たれないならそれで構わないのに、相手に悪く思われていると知ってしまうのは苦しい。

ずっと友達も少ない日陰の日々を送ってきているけれど、苦手だ、なんて、言われ慣れているわけじゃないんだ。

「……」

考え事をしながら、機械みたいに手を動かしていた。捜し物はきちんとしていたと思うけれど、頭の中は、いくつも飛び込んでくる題名よりも、もやもやした悩みで埋め尽くされていた。

だからわたしは、本が下に落ちるまで、目の前の山で雪崩が起きていることに気づかなかった。

「えっ……ちょ、うわわわあ！」

崩れて流れゆく本たちに、咄嗟《とっさ》に手を出したが時すでに遅し。絶妙なバランスで均衡を保っていた多くの本たちが見るも無残に床へと散らばっていた。

わたしの腕の隙間を縫った最後の一冊が、どこかのページを開きながら、ぱさりと落ちた。

「ひええ！」

「どうした鮎原、大丈夫か？」

「す、すみません！　本当にごめんなさい！　本、たくさん落としちゃって」

自分の頭から血の気が引いていく音を聞いた。

……大変なことをしてしまった。演劇部のみんなが大事にしている本を、ひどく粗末に扱ってしまった。これはまずいぞ。怒られて、呆れられて、冷たい目で「もう出て行け」と言われるに決まっている。

「うえぇ」

目の前がぐるぐるしだして、思わずぎゅっと目を閉じた。

一歩二歩と近づいてくる足音に身構える。

だが、発せられた藤堂くんの声は、思いのほかあっけらかんとしていた。

「いいよ、そこにあるのは手作りの使い古した本ばかりだ。ハナからぼろぼろだよ」

「へ？」とあほみたいな声を上げた。恐る恐る目を開けると、藤堂くんはとくに怒っていない顔でわたしを見てから（やや呆れ気味ではある気がする）、わたしが必死で止めていた、ともするとまだ崩れそうな本の山を直しだした。

「だから気にしなくていい」

「そ、そうなんだ……あの、すみませんでした」

「謝んなくていいって。そもそもわざとじゃないんだろ」

「あ、はい」

つい続けて「すみません」と言ってしまいそうになったのをどうにか堪えた。

わたしはしゃがんで、落ちた本を拾い集める振りをして膝に顔を埋めた。自分にしか聞こえないため息を吐く。ああ、わたしは捜し物すらまともにできやしないなんて。

「……うぅ」

のそりと顔を上げ、最後に落ちた本を手に取る。せめてこの本たちがもう二度となだれ落ちないように整頓をしよう。そう思いながら、なんとはなしに、手元の本の表紙を見た。

「と、藤堂くん！」

「ん？」

振り返った藤堂くんに、その本を突き出した。

山吹色の表紙で飾られた本の題名は『牛をつないだ椿の木』。

「ああ、それだよそれ！　捜してた脚本だ！」

藤堂くんは嬉しそうに声を上げ、わたしから本を受け取った。少し折れ曲がった裏表紙を直すように長い指が撫でる。

表紙には、題名と、新美南吉《にいみなんきち》という原作者の名前が書かれていた。確か、ごんぎつねの作者、だったっけ。小学生のときに絵本を読んだことがある。

「こんなところに埋もれてたのか。まったく、一度ちゃんと整理しないと駄目だな」

「見つかって、よかったね」

「本当にな。ありがとう鮎原、助かった」

藤堂くんが、綿菓子が溶けるみたいに笑う。

わたしはきゅっと唇を結んで、膝に置いていた手のひらを握り締めた。

藤堂くんが笑うところを見たことがないわけじゃない。むしろ、彼はよく笑う人だというイメージがある。

でも、わたしに向かって笑ってくれたのは初めてだった。藤堂くんの猫みたいな吊り目が、笑うとほんの少し下がることを、わたしは初めて知った。

冷たくなっていたはずの頬が、湯たんぽを押し付けられているみたいに熱かった。

ありがとう、なんて言われたら。

何もしていないけれど、何もしてないよ、とは、どうしてか言えなかった。

「さて、片付けなきゃな」

藤堂くんがわたしの隣に膝を突く。

「鮎原、もう戻ってもいいぜ。あとはひとりでやれるから」

「あ、いや、わたしも手伝うよ。元はと言えばわたしが散らかしちゃったんだし」

「そうか？　まあいいか、助かるよ」

藤堂くんの目がわたしを見た。

目が合うのは、恥ずかしいから、すぐに顔を背けたいのに。どうしてか藤堂くんのほうが視線を逸らすまで、わたしは向けられた目を見ていた。

変なの。さっきまで、同じ部屋にいるってだけで緊張していたのに、今はこんなに近くにいて、目を見られても、嫌な感じが全然しない。頭の中を埋め尽くしていたもやもやはどこに行ってしまったんだろう。

心臓だけは、今もいやに速く鳴っているけれど。我ながら単純な奴だ。

「と、藤堂くん」

変な気持ちを誤魔化すように呼んでみた。声は上擦っていてかっこ悪かった。

「あの、藤堂くんが脚本を書いてるんだって、和泉先輩たちから聞いたんだけど」

「ああ、そうだな」と、藤堂くんが頷く。

「一年のときから書かせてもらってるよ。おれの代はあんまり書きたがる人いなくて」

「す、すごいよね。演技もやって、脚本も書いて……色々できて、本当に」

「別にすごかねえって。単にやりたいことやってるだけだし。そもそもおれは脚本に徹したいんだけど、役割兼任しなきゃやってけねえから」

藤堂くんが肩をすくめる。

演劇部のみんなが仕事を掛け持ちして助け合っていることは知っていた。人が少なくても完全に分業しているところもあるらしいけれど、うちの学校の演劇部は、誰もがどの役割でもできるようにしているそうだ。

だから衣装担当の小路ちゃんも大道具を作るし、難しい音響の機械を使うこともあるし、演出や役者業だってこなす。本当は役者はやりたくないけれどみんなのためなら仕方ない、と。ただ、笹川くんだけは意地でも役者をやらないそうで、小路ちゃんは「あいつだけずるい」とたびたび怒っている。

「さっき和泉先輩と志波くんが練習してたよ。藤堂くんの脚本だって」

「練習見たのか？　ひかり先輩上手いだろ。あの人は演技もだけど、歌も才能あるんだ。今回のはストレート……歌わないやつだけど、ミュージカルをやらせたら無敵なんだぜ。普段の先輩からは想像つかないようなさ」

「……確かに、さっきの先輩、違う人みたいだった」

「そうだろ。あの脚本、先輩のイメージとは全然違う役柄だけど、書いてるときから先輩が演じてるのを思い浮かべてたんだ」

「そうなんだ。うん、すごかった。わたし、見惚れちゃってたくらい」

「な。紡のほうはまだまだだけどな」

同意していいものか悩み、えへへと笑うだけに留める。

「さて、次回の配役はどうしようかね」

何十と積んだ本を抱え、藤堂くんが立ち上がる。拾った本たちはテーブルに置かれ、代わりにさっき見つけた山吹色の脚本が彼の手に取られた。

「それもどこかで披露するの？」

「まあな。近くの小学校からの依頼で、児童向けに舞台をやってくれって。公演日はいつだったっけな、まだ結構先のはずだ」

「へえ……『牛をつないだ椿の木』だっけ。知らないお話だな」

「おれはこれ、あんまり好きじゃねえんだけど」

藤堂くんは苦笑いしながら脚本をひらひらと振る。

「まあ今回は加賀先生がこれでいこうって決めたから、仕方ねえよな。なんか先生はこれ、好きみたいでさ」

「どこか、ほかの場所に劇をしに行くことも多いの？」

「ああ、うちは学校内外でのイベント時の活動が主だからな。演劇にも、運動部で言うインハイみたいな全国規模の大会はあるんだけど、おれらの学校はそれには参加してないんだよ」

掻き集めた本を持って立ち上がる。

数ある脚本や台本は、パンフレットのような薄さのものから、教科書と同じくらいの分厚さのものまである。様々、その時々により、求められる内容、必要な時間を考え、上演される物語が選ばれるのだ。演劇を見る人たちのために。

「勝ち上がって、全国でトップを取るっていうのを目標にして進むのもかっこいいと思う。でもうちは……ひな高演劇部は、『お客さん』のための演劇をしようっていうのが、何代も前からのモットーなんだ」

「……お客さん？」

「ああ。大会ってさ、演劇のプロたちに評価されるわけだろ。その人たちはでも、決して『お客さん』ではないんだよ。そりゃそうだよな、審査しないとなんねえんだからさ。けどおれたちは『プロ』に評価される演劇じゃなくて、『素人』に楽しんでもらえる演劇をしたい。だからあえて、大会には出ない」

他人に評価されないのであれば、点数を決めるのは自分自身になる。自分たちなりの信念を持って活動しているからこそ、みんなはそれぞれに輝いているのだ。

「だからって、クオリティが低いわけじゃねえよ。自信はすげえあるんだぜ」

藤堂くんはそう言って、わたしに向かい不敵に笑った。

眩しい人だと思った。今までもそう思っていたけれど、感じていた以上にずっと、藤堂くんは眩しい、太陽のような人だ。

それはもう、日陰からでは目がくらんで、見えづらくなってしまうほど。

「すごいね。自信があるって、素直に言えるの」

ぽつりと零した。俯いた場所にあった本には、藤堂くんの名前が脚本担当として書かれていた。

「なんだ、馬鹿にしてんのか？」

「ち、違うよ。そんなわけない。そうじゃなくて、わたしは、自分に自信持てたことないから」

小路ちゃんを見ていて、好きなことを好きと言えることを羨ましく思っていた。好きなことに全力で取り組んでいる小路ちゃんは、誰よりもかっこよくて、わたしはずっと憧れに思っていた。

小路ちゃんだけじゃない。和泉先輩も志波くんも、笹川くんも……藤堂くんも。演劇部のみんなは、わたしにはないものを持っている。自信と目標、そして、それを持ち続ける勇気。

わたしはみんなのようにはなれない。でも、みんなを見ていると、時々考えてしまう。わたしも、そんなふうになれたらって。

「えへへ……でもわたしみたいなのが自信持ったってうざいだけだよね。今のままでちょうどいいかな」

笑って頭を掻いた。藤堂くんも同じように笑ってくれればいいと思った。

でも藤堂くんは、さっき見せてくれた表情を、ほんの少しだって浮かべてはいなかった。

「わたしみたいなのって何？」

「え？　えっと、だから、何もまともにできなくて、どん臭くて、誇れるものが何もないような……」

「あのさあ」と、藤堂くんがやや語気を強めて言う。

「おれが鮎原のこと苦手なの、そういうとこ」

声を出せなかった。唇を引き結んで固まったわたしから、藤堂くんはわずかに目を逸らす。

「去年同じクラスだったとき、いつも思ってたんだ。鮎原って、人の様子を窺いながら喋ってるだろ。おれはつい迂闊《うかつ》に余計なことを口にしがちだから、そういうとこ見習わなきゃなんねえって思ってたけど」

藤堂くんとは、ほとんど関わりを持ったことはない。話したことは授業のときにほんの数回。顔も覚えられていないかもしれないと思っていたくらいなのに、むしろ藤堂くんは、わたしの内面までを見透かしていた。

「鮎原は逆。自分を閉じ込めすぎなんだよ。相手からの見られ方を意識するあまり自分の本音を出さねぇ。それだけならまだいい。一番駄目なのは、笑いながら平気な振りして自分を下げることだ。本当は少しも平気じゃないくせに」

何か言わなければと思った。でも、開きかけた唇から、何を言えばいいのかわからなかった。

両手を組んで、震えだした指先を握り締める。

「誰でも得手不得手はあるからな。なんでもできる奴はいねぇし、何もできない奴もいねぇよ。何もできないって思ってる奴は、自分のできることに気づいてないだけだ」

「……」

「なあ鮎原」

藤堂くんの視線がわたしに向いた。まるで引っ張られているみたいに、顔を背けることができない。

「なんでそんなに自分を下げてんの？　それで自分を守ってるつもりかよ。馬鹿、逆だよ逆。自分を卑下する言葉で殻作って外からの攻撃受けないようにしてるうちに、いつの間にかその殻から出られねぇようになるんだよ」

「……」

「もっと自分を出せよ。自信持って自分の居場所アピールしろよ。誰に必要とされなかったとしても、自分だけは自分を誇んなきゃならねんだって」

ふたりだけの室内に、声の端が響いて消えた。

息を吐くその小さな音すら零さず拾っていた。

藤堂くんの言葉が、杭みたいになって、わたしの胸をぐさりと突き刺していた。苦手と言われたことなんて爪楊枝でつつかれたくらいに思えるほど。その大きな杭は、わたしが一番痛がるところを貫いていた。

どうしてこんなにも痛いのかって、それは、自分が一番わかっているからだ。

人からの目を気にして、嫌われないようにして、調子に乗らないようにして、自分の立ち位置を見誤らないようにしてこれまでを過ごしてきた。

わたしだって、自信を持てるなら持ちたい。でもできない。

だってわたしは、藤堂くんとは違うから。

「……藤堂くんみたいな人には、わからないよ」

ようやく絞り出したのは情けない言葉だった。まともな反論すらできやしない。

「おれみたいな人って誰だよ。鮎原とおれと、何が違ぇんだ」

「違うよ。だって藤堂くんは主役だもん。わたしとは違う。わたしはいつだって脇役でしかないんだから」

「はあ?」

藤堂くんみたいに、いつだって日の当たる場所にいる人に、わたしのような日陰にいる人間の気持ちなんてわかるわけがない。

「わたしはスポットライトの当たらない、脇役だから」

わたしたちは、最初から与えられた役割が違う。それを自覚して、立つべき場所を間違えなければ、平穏無事に生きていけるんだ。

「だから?」

唸るような声がわたしの声に重なる。

「だからなんだよ。何が言いたい。脇役馬鹿にすんじゃねえ!」

藤堂くんの右手がテーブルを強く叩いた。せっかく丁寧に積んだ本が、音を立てて崩れた。

「あのなあ、脇役がいるから主役が生まれるんだろ。どっちも役割が違うだけで大事なことに変わりねえよ。どっちが偉いとかすごいとか、比べられるもんじゃねえんだ!」

「……でも」

「でもじゃねえ! 主役だから脇役だからって、そんなもん知ったこっちゃねえ!

てめえで勝手に決めつけてるもんにおれを巻き込むな！」

「藤堂くんこそ！」

「あぁ？」

「と、藤堂くんこそ……わたしに、自分の考え、押し付けてる……」

心臓が止まりそうなほどに鳴っていて、握った手のひらにはびっしょり汗を掻いていた。

わたしは今どんな顔をしているだろうか。

わからないけれど、目の前にいる、自分とまったく違う人は、大きく目を見開いてわたしのことを見ていた。

ほんのわずか、時が止まったみたいな時間が流れる。

藤堂くんが、肩で息をした。

「視点を変えりゃ、誰だって脇役になるし、誰だって主人公になれんだよ」

そのとき。

廊下から足音が聞こえ、がらりと扉が開いた。

「ねえうるさいんだけど！　……って、奏？　あんた部室にいたんじゃないの？」

部屋に入ってきた小路ちゃんは、わたしと藤堂くんの様子を見て慌てて駆け寄ってきた。

「ちょっと何、どうしちゃったの奏。まさか……一維、あんたまた奏にひどいこと言ったんじゃないよね」

小路ちゃんに詰め寄られ、藤堂くんが舌打ちする。

「ああ、そうだよ。悪い小路、鮎原のこと慰めてやって」

「はあ？」

「鮎原」

呼んだくせに、藤堂くんはわたしを見てはいなかった。

「おれが悪かった、忘れてくれ」

小路ちゃんが止めるのも聞かずに、藤堂くんは部屋を出て行った。

首を傾げながらも、小路ちゃんはわたしの肩を抱いてくれる。

「奏、一維と何があったの？」

困った顔の小路ちゃんに、答えることはできなかった。わたしはきつく下唇を噛んで、ひたすら眉間に力を入れていた。

今にも泣いてしまいそうだ。でも、絶対に涙は流したくなかった。

こんな思いは初めてだ。

どうしてか、無性に悔しかった。

学校から家までは自転車で三十分ほど。バスも便利な便があるけれど、出発の時間が縛られていると緊張してしまうから、自由な自転車通学を選んでいる。

冬であればこの時間はもう真っ暗だろう。今は部活を手伝ってから下校しても、家までライトを点けずに帰ることができる。

愛車は中学入学時に買ったオンボロのママチャリ。シルバーのフレームの地味なやつ。右ブレーキは音がするから、ここ最近は左のブレーキしか使っていない。

「奏、また明日ね」

小路ちゃんとは途中まで帰り道が一緒だ。

「うん、明日ね」

昨日も別れた十字路で、一度足をついて振り返る。

いつもならここで手を振って帰るのに、今日の小路ちゃんは、一向にペダルを踏もうとはしなかった。わたしも両足を地面につけたままで小路ちゃんを見ていた。

「……奏、ごめんね」

小路ちゃんがぽつりと言う。

「一維のこと。嫌なこと言われたんでしょ。ごめん、あたしが手伝いに誘ったから、奏に嫌な思いばっかりさせちゃってる」

「小路ちゃんのせいじゃないよ。それに、藤堂くんだって別に、わたしに嫌なことを言ったわけじゃないんだ」

「でも一維のせいで奏は傷ついたんでしょ」

小路ちゃんは一度唇を噛んだ。わたしよりも、小路ちゃんのほうが辛い顔をしていた。

「ごめんね奏、もう、うちの手伝いはやめにしていいから」

「ううん、行くよ」

答えたわたしに、小路ちゃんは目を丸くする。

「いいの？」

「うん、その、小路ちゃんが迷惑じゃないなら」

通せるような意地なんてないけれど、せめて決めたことくらいはやり遂げたかった。

それに、ここでやめたら、悔しさの理由を知ることができなくなる気がするから。

「……わかった。じゃあ明日もよろしく。何かあったらすぐにあたしに言いなね」

「ありがと」

手を振って、今度こそ小路ちゃんと別れた。わたしは通い慣れた道を、わざと右のブレーキを鳴らしながら走った。

「おかえり奏」

リビングには、いつもこの時間には帰っていないはずのお父さんがいた。

自分の部屋に鞄とブレザーを置いてから、すでに夜ごはんの支度が調っているテーブルに座る。

普段の平日なら、お父さんの帰りを待たずにお母さんとふたりで夜ごはんを食べ始めてしまう。今日はお父さんがいるから、いつも点けていないテレビが点いている。

「お父さん、今日は早いね」

「珍しく仕事が定時に終わってな。おまえのほうは遅いな、遊びに行ってたのか？」

遅いと言っても七時前だ。世の中の花の高校生たちはまだ青春を謳歌している時間だろう。

うちの親は、過保護とまでは言わないけれど、どこかわたしを小さな子どものように思っている節がある。お父さんとお母さんの感覚だと、たぶんわたしはまだ小学生であるのだ。気持ちはわからなくもない。わたしは外見も中身も小学四年生くらいからあまり変わっていない気がするし。

「奏、最近お友達の部活を手伝ってるのよ」

お母さんがわたしの前に炊き立てのごはんを置く。お茶碗はこの間新調したばかりの可愛い肉球柄だ。

「友達の部活?」

「そうそう、なんだっけ、演劇部だっけ」

「演劇部?」

いただきますも言わずに食べ始めていたお父さんが、思わずといったように箸を止めた。

「奏が演劇部? まさか」

「え、でも奏、そう言ってたよね?」

「……うん」

「でも演劇部って、演劇部だから、演劇するんだろ? 劇するんだろ?」

おまえが? とでも言いたそうに、お父さんは唐揚げを突き刺した箸の先をわたしに向ける。

「ちょっとあなた、お行儀悪い」

「あ、すまんすまん、つい」

「外では絶対にやらないでよ、みっともない」

「あのね、演劇部は確かにそうだけど、わたしはやらないよ。正式に入部してるわけじゃないし。人手が足りなくて、衣装作りとかのサポートしてるだけ」

お茶を飲む。自転車を漕いで帰ってきたばかりだから、麦茶の冷たさが身に沁みた。

味は、よくわからない。

「そうだよな。奏が演劇部なんかには入れないよなあ」

お父さんは笑って、唐揚げを美味しそうに齧っていた。お母さんは「そうねえ」と適当に相槌を打ちながら、自分のお茶碗にごはんを盛っている。

「ま、お友達やほかの部員のみなさんにご迷惑かけないようにするんだぞ」

お父さんが口の中に唐揚げを詰めたまま言った。

「……はあい」

いただきます、と両手を合わせ、お父さんに全部食べられる前に大皿の唐揚げに手を伸ばす。

◇

市民会館での演劇祭は、大成功だった。

市内の中学校、高校の演劇部や社会人劇団が数組上演した中で、一番拍手が長引いたのがひな高演劇部の上演後。

演技が上手く見た目にも華のある和泉先輩と、誰よりも練習を頑張っていた志波くんとの掛け合い、そして、ファンタジーであるのにどこか身近にも感じるセピア色のストーリーは、観客を終始引きつけ、強く心を掴んだ。

と、わたしは小路ちゃんからのメールで知ったのであった。

週明けの月曜、演劇部員たちは部室に集まり、週末に開催された演劇祭の反省会を行っていた。部外者であるわたしはその会には参加せず、隣の製作室で、小道具作りを黙々と進めていた。

席を用意するから演劇祭を観に来て、と和泉先輩や小路ちゃんには言われていたけれど、結局適当な理由をつけて断った。わたしが行くと縁起が悪いような気がしたから。それに、わたしなんかに自分の舞台を観られたくないんじゃないかって、思ってしまったから。

「奏、お待たせ」

部活が始まり四十分、小路ちゃんがひとりで製作室へと入ってきた。ちょうど頼まれていた物を作り終わったところだった。

「お疲れ様。もう反省会終わったの？」

「うん、当日の公演後にもあらかた話したからね」

「あ、そうだ。星できたよ」

小路ちゃんに今日の成果を見せた。切った段ボールに銀の色紙を貼り付けた星の模型だ。よく見る五芒星《ごぼうせい》の形ではなく、八本角で各々の角は細長く、太さも長さも不揃いにしている。手に持って使用するにはやや大きく、横が三十センチ、縦は四十センチほどあった。

「おお、ありがとう。いい星だねえ！」

「ふふ。ねえこれ、背景に使うの？　持つには大きすぎるよね」

「背景というかなんというか。動かしながら使いたいらしいよ。こう、ぶら下げる形にするのか、それとも棒付けるのか、どうするかはまだ不明だけど」

小路ちゃんはジェスチャーを交えながら言う。

「まあ、これを動かすのは安吾の仕事かな」

「た、大変そうだね」

いつも黙々と大道具を作り続けている笹川くんしか見ていないから、アクティブな姿は想像つかない。

「最近は背景に映像を使うところもあるけど、うちは技術も予算もないからね」

「わたしは、この手作り感があるのも好きだよ」

「ありがと。そうそう、奏まだ時間ある？　頼みたいことがあって。雑用みたいな感じなんだけど大丈夫？」

「うん、大丈夫だよ。何するの？」

「片付けしてほしいんだ。資料室の整理」

資料室、とは、隣の書籍で埋もれている部屋だ。よく、藤堂くんがひとりで籠もっているところ。

「あ、一維はいないから大丈夫だよ。今日は部室で、紡と稽古するんだって」

内心を見透かされ、つい苦笑いしてしまった。わたしは自分の作業台を片付けてから、誰もいない資料室へと移動した。

この部屋には、藤堂くんとふたりで脚本を捜しに来た日以来入っていない。整理しないといけない、と藤堂くんは言っていたけれど、室内の散らかり具合は以前と少しも変わっていなかった。

テーブルの上の山のように積まれた本を指先だけで撫でる。

「……」

ここで藤堂くんと話した日から、これまで以上に彼と顔を合わせられなくなってしまった。以前はわたしの気まずさを汲み取って関わらないようにしてくれていたけれど、今は向こうも意識してわたしを避けているように思う。

ほかの部員たちもとっくに気づいていて、わたしと藤堂くんとの距離を気遣ってくれているみたいだった。申し訳なくは思っているけれど、どうしたらいいのか、解決方法はわからないままだ。

あのとき、言い返したのがいけなかったのだろうか。どうして「藤堂くんこそ」なんて言ってしまったのだろう。

素直に藤堂くんの言葉を受け止めておけば、ここまで雰囲気が悪くなることもなかったかもしれない。部のみんなに心配や迷惑をかけることも、藤堂くんにより嫌われることもなかった。

でも、言わずにはいられなかったのだ。頭で考えていたわけではないから、止める間もなく、咄嗟に溢れ出てしまった。

「はあぁ、嫌になるなあ」

誰もいないのをいいことに盛大なため息と独り言を吐いてから、整頓を始める。

まずはテーブルの上の山を仕分けることにした。ここの中はほとんどが脚本や台本であるようだが、一部資料としている小説や伝記も混ざっている。それを抜き出して本棚にしまってから、脚本、台本をジャンル別で整理していく。

初めに演劇部のオリジナルと、そうでないものとに分けた。いくつか発掘したブックスタンドを使い、テーブルの端に本を立てて並べていく。背表紙にタイトルが無い物もあったから、作者ごとにまとめるのではなく、タイトルの五十音で並べることにした。アカサタナのインデックスを付けておけば見つけやすいだろう。これで手当たり次第に捜す必要もなくなる。

有名な原作やプロの劇作家の作品を整理し終えたら、次にひな高演劇部オリジナルの本に取り掛かった。脚本家名は個人のものもあれば演劇部と書かれているものもある。どちらにしても「期」が記されているから、個人名でも演劇部オリジナルであるとわかるようになっているのだ。

この数字はひな高演劇部創設時から数えられているらしい。藤堂くんは確か四十二期だったはずだ。和泉先輩は四十一期、一年後輩の志波くんが四十三期となる。

こちらも五十音順に並べた。作者はばらばらになるから、藤堂くんの作品がいくつあるかはわからない。けれどいくつもあって、そのたび目に付いた。

藤堂くんの名前を見ると胸のあたりがざわっとする。嫌な思いもその中には混ざっていて、でもそれ以上に、申し訳なさと、じりじり焦がす真夏の太陽のような憧れが、胸の奥に滲んでいた。

藤堂くんは、ひなたにいる人だと思っていた。当たり前のように最初から眩しくて、だからこそ、自分を誇れだなんて、何より難しいことを簡単に言ってのけるのだと思っていた。

けれどそうじゃない。挑戦して、真っ直ぐに頑張って、自分の信じた道を貫いた結果が藤堂くんにはある。彼が眩しいのは、生まれ持ったものなんかじゃなく、自分で積み上げた努力の成果だったんだ。

ここに並んだ本の、藤堂くんの名前が書かれたものすべて、そのすべてが彼の言葉を証明し、後押ししていた。

「……頑張ってきたんだなあ」

今さら気づいたところで、もう謝ることすらできやしない。今さら理解した気になったところで、さらに不愉快にさせてしまうだけだろうから。

「うぅ」

ぺちんと両頬を叩いて、作業を再開した。ナ行までを終わらせて、次のハ行に取り掛かる。

中庭を、どこかの部活が走っていた。

トランプの神経衰弱みたいに広げた本の中から、該当のものを選んでいく。「ハ」を取り終え「ヒ」に移ったとき、ふと、拾い上げた作品がほかとは違うことに気づいた。

「……これ」

ひと際ぼろぼろの脚本だ。作者の欄には『ひなた野高校演劇部』とある。個人名ではなく部活名で書かれているものは、部員数人で協力して書いたものだと、以前に小路ちゃんから教えてもらった。

この脚本もそうなのだろう。しかしこの本はほかとは違い「何期の生徒が作ったものであるのか」が記載されていなかった。

「『ひだまりの旅人』……」

ところどころ変色した表紙にはそう題名が書かれていた。

表紙を捲って、題名と作者名のページも捲ると、次に登場人物一覧があった。主人公の名前は『アネモネ』。年齢も性別も設定されておらず、ただ旅をしている、とだけ書かれている。

あまりに設定が薄すぎやしないだろうか。しかしアネモネ以外の登場人物には詳細な設定が付けられていた。

不思議に思いながらも、わたしはこの本を読み始めた。どうやらアネモネがどこからか旅をし、様々なモノに出会う話であるようだ。

周囲は静かだった。

小路ちゃんの鳴らすミシンの音、運動部の掛け声、吹奏楽部の音色も響いていたけれど、そんな遠くの音が鮮明に聞こえるくらい、わたしの周りは静かだった。

「……『私はアネモネ。海を渡ってきたんだよ』」

指でなぞった文字を、声に出してみる。

自分の言葉としてではなく、「アネモネ」の発する思いとして。

「『なぜ旅をしているのかって？　出会うものたちの抱えた物語を聞くためさ。ねえ、きみの物語を聞かせてくれないかい』」

この脚本に、アネモネについての詳細は書かれていない。だからわたしだけのアネモネを思い浮かべた。

わたしの中のアネモネは、女の子。でも男の子のような低い声をしていて、大人のように落ち着いた話し方をする。

木から枯れ葉が落ちるのを、じっと眺めるひとだ。草原を歩くとき、踏みつけた草に心の中で謝るひとだ。でも足は止めないひとだ。どこか心が欠けていて、ガラス玉のような目で、次に出会うものを探している。

「『私はアネモネ。あの山を越えてきたんだよ』」

「『やあ、きみの物語は実に摩訶不思議だね』」

「『私はアネモネ。大きな穴を落ちてきたんだよ』」

「『なぜ物語を欲しているのかって？　それはね』」

もしもアネモネがこの場にいたら。どんなふうに景色を見て、どんなふうに話すだろう。一度思い浮かべれば世界はどんどん広がる。アネモネの生きる世界、そしてアネモネ自身の姿。

声を変え、表情を変え、心までも変えて、ここにはないものを表現する。頭のてっぺんから爪先にまでその姿を写して、彼女の語る言葉を吐き出す。

「『世界を変えるためさ』」

――はっと。

息を吐き出した音に、息を吸う音が重なった。

振り返る。開けっ放しにしていた出入り口に、藤堂くんが立っていた。

「と、とう、とっ」

光の速さで本を閉じる。

どっと鳴る心臓が瞬く間に体中の温度を上げた。だが次の瞬間には眩暈《めまい》がするほど血の気が引いた。口の中の水分が全部、手のひらの汗に変わっていた。

「藤堂くん！　えっと、え？　いつから、そこに」

聞こえていない、はずはない。少なくとも最後の台詞は聞かれていたはずだ。

だって、そうでなければ藤堂くんが、あんな顔で立ち尽くしているわけがないから。

「ド、ドン引き……」

いや、ドン引きもする。するはずだ。

部外者の素人が勝手に脚本を広げ調子に乗って語っている場面に出くわすなんて、もしもわたしが藤堂くんなら、速攻で仲間のもとへ逃げている。

「ご、ごめん、勝手に読んじゃって。あの、本当に、悪気はなくて」

最悪だ。誰もいなかったからこそこっそり読ませてもらっていたのに、よりによって一番気まずい相手に見られてしまうとは、神様ったらなんたる迷惑な悪戯《いたずら》をわたしに仕掛けてくれたんだ。

このショックに比べれば、この間のことなんて蚊に刺された程度に思える。ああ、もう、どんどん嫌なことが更新されていく。

「ごめんなさい！　そしてお願い、どうか忘れてくださいぃ！」

膝を床について頭を下げた。土下座と言うには、たぶん不格好すぎると思う。もしも恥ずかしさで死ねるなら、恐らく今のわたしは五回くらい死んでいるだろう。いっそのこと意識を飛ばしてしまえたらいいのに。そのまま土に埋もれてミミズになりたい。

「鮎原」

藤堂くんが呼んだ。

床だけを見ていた視界に、履き潰したシューズの爪先が見えた。

「なあ鮎原、聞いてくれ。おれは反省してたんだ。おまえに言われたことを考えて、確かにおれは自分の考えを押し付けてるって気づいた。人には得手不得手があるって自分で言っておきながらな、馬鹿だよおれ。鮎原には今の性格が合ってんだ。そう思ってさ、おまえに謝ろうとしてたんだ」

右肩に、藤堂くんの手が添えられる。

わたしは瞼がなくなったかのように瞬きを忘れて、黒ずんだ床の木目を見ていた。

謝ろうとしていた？　藤堂くんが？　わたしに？　どうしてだろう。きみが謝ることなんてひとつもないのに。わたしがごめんねと言わなければいけない理由ならたくさんあるけれど。

「藤堂、くん」

のそりと顔を上げる。

目の前に、膝を突いて視線を合わせる藤堂くんがいた。

藤堂くんは、わずかに目を細めると、そっと唇の両端を持ち上げた。

「でも、やっぱり謝らねえ。おれは間違ってなかった」

え、と間抜けな声が出る。頭が回らずあほ面を披露していたら、左肩にも手が乗った。添えられている、なんて可愛いものではない。逃がしはしないとでも言いたげに、えげつないほどの力で掴まれていた。

「鮎原、頼む」

吐く息すら触れ合うほどすぐそばに藤堂くんのお顔があった。黒目勝ちの瞳は、わたしの視線を自分のほうへと引っ張るかのように、小さな光を浮かべてじっとわたしだけを見つめていた。

野球部がいい球を打つ音が、遠くから聞こえた。

藤堂くん、まつ毛長いなあ。

「おれのつくる舞台に立ってくれ」

閉じた手の中に芽吹く

小学二年生の九月。

夏休み明けの最初の土曜日に、ひなた野高校の文化祭が開催された。

いとこのお兄ちゃんが通っていたひな高の文化祭は、地元で有名なイベントのひとつだった。市内で唯一の私立高校であるひな高は、ほかのどの学校よりも行事に力を入れていて、文化祭はその最たるものであったのだ。生徒たちは校内外から集まるお客さんを楽しませるために、長い時間を掛け用意した様々な催し物を披露していた。

開場時間の九時になると、吹奏楽部のファンファーレが鳴り響く。吸い込まれるように進む人波に紛れ『ひな高祭』と書かれた校門のアーチをくぐれば、世界は一気に非日常へと変わり、見上げるすべてがカラフルになった。

校庭にはずらりと屋台が並び、野外ステージからは弾んだ声がハウリング混じりに聞こえる。校舎内もそれに負けないくらいに賑わっていて、喫茶店やお化け屋敷、迷路にスタンプラリーと、思わず飛びついてしまうような楽しい出し物が回りきれないくらいに揃っていた。

お母さんとふたりで遊びに来ていたわたしは、初めて体験する高校の文化祭に、呆れるくらいはしゃぎ回っていた。見るものすべてが眩しく見えて、日常とは違う景色に心が躍った。高校生のお兄さんお姉さんたちがつくるお祭りを、夢みたいに思いながら見ていたのだ。

でもその途中、浮かれ過ぎたせいか、わたしは少し気分を悪くしてしまう。ゆっくり休める場所を探したら体育館に辿りついたから、ステージに向かってずらりと並んだパイプ椅子の、うしろのほうに座った。

お母さんは、飲み物を買ってくるからここで待っていなさいと言って、体育館を出て行った。わたしは少しふわふわとした頭で、ぼうっと何もないステージを見上げていた。

だから、その舞台を、見ようと思って見たわけじゃない。

お母さんが出て行ってすぐ、体育館の照明が落ちた。急に暗くなったことに不安を感じたけれど、待っていてと言われていたから、席を立ってお母さんを追いかけることもできなかった。

不安と気持ち悪さで、指先はひどく冷たかった。その冷たい指を必死に握り締めて、わたしは、少しずつ幕が開いた、舞台の上を、見ていた。

不安も気持ち悪さもいつの間にか吹き飛んでいた。

わたしは瞬きをする間も惜しいくらい、真っ暗な体育館に太陽のようにひとつ灯る光の下を見ていた。

その場所には、ひとりの人がいた。一見ボロにも見える、味のある衣装を身に纏った人だった。

その人は舞台にひとりで立ち、ひとりでスポットライトを浴び、ひとりで劇をしていた。声だけは違う人のものも聞こえるけれど、舞台の上で演技をしているのは終始その人だけだった。

わたしが経験したことのあるお遊戯会や学芸会の劇とは全然違う。わたしの知っているものは、もっとたくさんの人数でつくる劇で、舞台上に役者がひとりしか立っていないことなんてほんのわずかの時間しかなかった。

なのに不思議だ。大人数で行っていたどの劇よりも、目の前でつくられる舞台は、どうしてかずっと迫力があって、引き込まれた。

小学二年生だったわたしには、その演劇の内容まではうまく理解することができなかった。

それでも最後まで目を離せなかった。いつの間にかお母さんが戻って来ていたことにも気づかなかったくらいに。

わたしの目は、たったひとりですべての光を浴びて、堂々と舞台に立つその人の姿だけを見ていたのだった。

学校で先生が言っていた。お日様の光で花は咲くのだと。

あの人は、お花だ。とびきり綺麗で、瑞々しく、みんなを振り向かせる存在。

小さな太陽のようなスポットライトの中心で、大勢の人に見つめられ、堂々と演技をするその姿が、わたしの目には何より輝いて見えた。凛と咲き誇る、花のようだった。太陽の下で咲き、自分はここにいるのだと、強く叫んで誇る花。

憧れという感情を、わたしはそのとき初めて知った。

その姿に憧れてしまった。小さな太陽の下に咲く、鮮やかな花に。

わたしもなりたいと、思ってしまったのだった。


そして、なれる機会が、あまりにもいいタイミングで訪れた。

十月に、学芸会が小学校で催される。学年ごとに劇をつくり上げ、ほかの学年の児童や父兄の前で発表する大きな行事だ。

わたしがひな高の文化祭を見に行った翌々日。週明けの月曜日に、その学芸会での役割を決めることになった。

二年生の劇では、学年全員がなんらかの台詞をひと言は喋るようにするそうだが、その中でも主要な登場人物たちのみ希望者を募ってオーディションで決め、そのほかの役柄は大道具、小道具、音楽係などと兼任して後々当てはめていくらしい。

わたしは迷わずメインの役を希望した。その後、ほかのクラスの児童も含めたオーディションを受け、主役の座を手に入れた。

嬉しくて仕方なかった。毎日練習しながら、高校の文化祭で見た舞台を思い出していた。

わたしもあんなふうになれる。ステージの真ん中の一番明るい場所で、誰よりもかっこよく、綺麗な花になれる。

そう信じて、学校でも家でも練習し続けた。

『奏ちゃん、すっごい上手だね！』

先生も友達もみんなが褒めてくれるようになり、そのたびに自信がついた。早くお客さんにも見てほしかった。早く、本番が来てほしかった。

そして十月の中旬。

秋のいい気候の日に、学芸会は行われた。

二年生は一年生のあと。午前中の二番目に劇が行われる。

わたしは一年生の上演中、体育館の外で出番を待っていた。少し胸がどきどきしていたけれど、それ以上にわくわくのほうが強かった。

まだ始まらないのかな。一年生の劇はどれくらい進んだかな。はやる気持ちを抑えきれず、わたしは先生の目を盗んでこっそりステージ袖に侵入し、一年生の劇を覗き見た。

ちょうどそのとき。ステージの中央で話していた子が、突然黙り込んだ。演出だろうかと思ったが、それにしては様子がおかしい。

ステージ上に立っていたほかの子たちが、顔を見合わせながらそわそわしている。しかし、中央で黙り込んだ子だけは、微動だにしないまま、どこでもない場所を見続けていた。

体育館内がざわつき始め、どこからか「頑張れ」という声が聞こえる。一年生の先生が袖からステージに上がり、中央の子に何か耳打ちをしていた。

しかしその瞬間、今の今まで黙っていたはずの子が大声を上げて泣き出し、そのままこちらに向かって走ってきた。その子は顔をぐしゃぐしゃにしたままわたしの横を通り過ぎ、体育館を出て行った。

ステージでは、まるで何事もなかったかのように劇が続けられている。追いかけていく先生も見送ったあとで、あの子は台詞が飛んで、何もできなくなってしまったのだと、気づいた。

気づいたとき、心臓がどっと音を立てた。

激しいくらい鳴っているのに、興奮して上気していたはずの頬は、びっくりするくらい冷たくなっていた。

『奏ちゃん、そんなところにいたの。まだ入っちゃ駄目だよ』

担任の先生に呼ばれても、上手く返事ができなかった。引っ張られる腕に力がほんの少しも入らない。

頭の中には嫌なイメージばかりが浮かんでいた。

もしも、あの子がわたしだったら。わたしも同じように劇の最中に台詞が出なくなって、どうしたらいいかわからなくなってしまったら。

わたしは主役だから、わたしがいなくなったら劇が続かなくなる。だから絶対に失敗はできない。絶対に絶対に、失敗はしちゃいけない。

『奏ちゃん?』

はっと顔を上げると、先生が心配そうな顔で覗き込んでいた。

体育館からは、大きな拍手の音が聞こえていた。

『大丈夫? 緊張してるの? もう始まるよ』

すでに一年生は袖から退場していて、二年生がスタンバイを始めているところだった。

『いつもどおりにやれば大丈夫だよ。奏ちゃんはすっごく上手だからね』

笑顔でガッツポーズをする先生に、わたしは機械みたいに頷いた。

いつもどおりって、なんだっけ。いつもどうやってたっけ。

数えきれないほど練習をして、完璧に身につけたはずなのに、全部がすっかり飛んでしまっていた。頭の中は真っ白になって、何もわからなくなっていた。

けれど、幕は上がる。

わたしは先生に背中を押され、ステージ上へと立った。

その瞬間、目がくらむほど強い光がわたしだけを照らした。

わたしだけに光が当たっているのに、客席がやけに鮮明に見えた。たくさんの目が、わたしのことを見て、たくさんの耳が、わたしの声を聞こうと待っていた。

このときを待ち望んでいたはずなのに、どうしてか心はほんの少しも楽しさを感じない。

ふと横目で見たステージ袖に、間もなく出るはずのクラスメイトが立っていた。早く、と口の動きでわたしを急《せ》かす。

そうだ。台詞を言わなければ。これを言わないと、物語が始まらない。

早く、最初の台詞を言わないと。最初の、台詞。

『……』

最初の、台詞って、なんだったっけ。

『……あ』

しびれを切らしたクラスメイトが、わたしの台詞を待たずにステージに出てきた。

その子は隠す気もなく強くわたしを睨むと、自分の台詞を口にした。

わたしは肩で息を吸いながら、呆然とその子の横顔を見ていた。そして、そう仕組まれたからくり人形みたいに、客席へと目を向けた。

真ん中あたりに、お父さんとお母さんが座っているのが見えた。お父さんは口をあんぐり開けていて、お母さんはおでこに手を当てながら顔を伏せていた。

次の瞬間には、床からいくつもの黒い手が伸び、わたしの足を掴んだ。大勢のせせら笑う声が耳元で聞こえ、暗闇に浮かぶ無数の三日月形の目と、目が合った。

息を吸った。息を吸って、吸って、吸って。

息を吸ったら、世界がぐるんと回転した。

気づいたときには、劇はもう終わっていた。

ステージ上で倒れたわたしが回収されたあと、劇はなんとか進行したらしい。元々、いつ欠席者が出てもいいように、主役級でも誰かが代われるようにはなっていたのだ。

劇は無事に終わった。

しかし、劇が終わったあと、わたしに対するみんなの評価はまるきり変わっていた。

『奏ちゃんのせいで、せっかくの学芸会が台無しになった』

みんなの気が済むまで、陰口を叩かれたり、直接嫌みを言われたりした。仕方ないと思っていた。それくらいのことをわたしはしてしまったのだから。言い返すことなんてできない。悪いのはわたしだ。

『やっぱり奏に主役なんて無理だったのよ』

わたしが、できると思い込んで、調子に乗って、失敗してしまったから。わたしのせいでみんなに迷惑をかけた。とんでもないことをしてしまった。

抱えた膝の中で、いろんな人に謝って、たくさんの後悔と反省をした。

わたしなんかが、お花になろうとしちゃいけなかったんだ。わたしなんかにできるわけがなかった。

そのうちみんなの興味は別のことへと移り、わたしの話をする人もいなくなったけれど、わたしの中にはあの日の出来事がずっと居座り続けていた。人の目があると緊張するようになり、多くの人に見られていると思うと、あのときと同じように頭が真っ白になって、吐き気と眩暈に襲われるようになった。

もう悪意のある目や言葉を向けられたくなくて、なるべく人に嫌われないよう頑張った。調子に乗っていると思われないよう、誰にも迷惑をかけないよう、自分の立ち位置は見誤らないようにした。

わたしは日陰で十分だ。脇役でいい。隅っこの光が当たらない場所で、平和に生きていければそれでいい。

主役になろうと思ったのが間違いだった。わたしの居場所は、太陽の下じゃなかった。

日陰は居心地がよく、静かだから、いつまでもここにいられればいいと、そう思っていた。

◇

「ひぇ」

朝、学校に着いてロッカーの置き勉から今日使う分を取り出し、自分の机に教科書を入れようとした。しかし、何かがつっかえているようで入らない。

空っぽだったはずだけど、と思いながら、机の中に手を入れ、そこにあったものを取り出した。

一冊の台本だった。『ひだまりの旅人』という題名の。

「い、いつの間に……」

咄嗟に辺りを見回すが、わたしに関心のないクラスメイトたちが楽しげにお喋りをしている姿があるだけだ。この台本をわたしの机に入れたであろう犯人の姿は見つけられない。

ちょうどそのとき、小路ちゃんが登校してきたから、身振り手振りで近くに呼んだ。

小路ちゃんは自分の机にリュックを置いてから、荷物も出さずにこちらに来てくれた。

「おはよう奏、どしたの？」

「お、おはよう小路ちゃん！　あの、机にこれが」

「何、またやられたの？」

台本を見た小路ちゃんが呆れ顔で笑う。わたしにとっては決して笑いごとではないのだが、それを小路ちゃんに言っても仕方がない。小路ちゃんはわたしの味方をし、すでに何度も注意をしてくれているのだから。

「懲りないねえ、あいつも」

「はああ、もうどうしよう……」

「嫌ならはっきり嫌って言ったほうがいいよ……って、もう何回も言ってるんだっけ」

「言ってるよ！　最初から言ってるよお！」

机の上に置いた台本を見つめ、頭を抱えた。あのとき、どうしてこの本を読んでしまったのか、後悔してもしきれない。

「でも、一維があんたを認めたんだよね。それはあたし、素直にすごいことだと思うんだけど」

そりゃ、わたしだってありがたいとは思っている。

ただ、それとこれとは話が別だ。主役として舞台に立つことなんて、わたしにできるわけがない。

『ひだまりの旅人』という作品は、ひな高演劇部にとって、少し特別な作品であるようだ。

大会に出ることのないこの学校の演劇部が、一年で最も重要なイベントとして位置づけているのが『ひな高祭』、つまり文化祭だった。

演劇部は毎年必ずひな高祭で舞台を行う。その演目は様々であるが、たったひとつだけ、何代も前から続く決まりごとがあった。

三年に一度、とある作品を上演すること。

それが『ひだまりの旅人』という、いつかの演劇部員たちが書き上げた脚本だった。

そして今年は三年振りに、この演目を上演する年であったのだ。

ひな高祭は夏休み明けの九月上旬。それまでにもまだ何度か各所のイベントに赴くが、それらの稽古を進めながらも、演劇部員たちはすでにひな高祭の準備も始めていた。メインの担当として、演出は藤堂くん。衣装は小路ちゃん。大道具、小道具は笹川くん。音響は和泉先輩で、照明は志波くんと加賀先生。本番近くには手伝いを数名呼んで、その他もろもろの人手が足りていないところを補うそうだ。

人手不足という難敵はいるものの、それはいつもどおりのことなので、とりあえず滞りなく準備は進められていた。しかし演出担当の藤堂くんが頭を悩ませていたことがひとつ。主役を誰にするか、という最重要事項である。

自分も含め、現演劇部員の演じるアネモネは、藤堂くんの思い浮かべるアネモネとは違った。さてどうしようか、いやどうにかするしかない。どこを妥協すべきか。いや、妥協した作品に果たしてなんの意味があるのだろうか。

悩みすぎて、きっと、思考回路がおかしくなってしまったのだろう。

そう、藤堂くんはあろうことか、大事な舞台での主役を、このわたしに任せようとしたのだ。

『おれのつくる舞台に立ってくれ』

冗談で言ったわけではないことは、彼の目を見ればわかった。あのときの藤堂くんは、本気でわたしにアネモネを演じさせるつもりだったのだ。文化祭という大舞台で、わたしに主役を演じろと言った。

もちろんわたしはその場で丁重にお断りをした。

わたしにできるわけがないのだ。授業でたまに指名される教科書読みのときですら、冷や汗を流し吐き気を堪えながら必死に挑んでいるというのに。

わたしは、小二のときの失敗以来、大勢の人の前に立つことができなくなった。そもそも演劇に関してもド素人であるし、主役を任されるような器ではないのだ。

だから、無理だと断った。わたしにはできないと。もう二度と、馬鹿みたいな勘違いでみんなに迷惑を掛けることのないように。

それなのに。

『いや駄目だ、断らせねえ。決めたんだ。おれのアネモネは鮎原しかいねえ』

藤堂くんはその日から、わたしに「やる」と言わせるために様々な手を尽くし始めた。わたしが立ち寄る場所に事前に台本を仕込むことをはじめ、三年前の文化祭のDVDをプレイヤーと共に作業台に置いていたり、笹川くんお手製の紙粘土で作ったアネモネ人形をわたしの机に飾ったり（これは可愛かったから家に持って帰った）、小路ちゃん仕込みの応援うちわを作成し黄色い歓声と共に振ったりと、とにかくあらゆることをしてわたしの興味を引こうとしたのだ。

正直なところ、迷惑行為でしかなかった。何を言われようとも、そして何をされようとも、わたしは舞台に立つことはできないのだから。

しかし、どれだけ説明しても藤堂くんは諦めてくれなかった。わたしが嫌がっているからと何度か小路ちゃんが叱ってくれたが聞く耳を持たず、ほかの人に頼ろうにも、和泉先輩と志波くんは藤堂くんとわたしとの攻防を微笑ましく見ており（いや、ほこと見守らずに止めてくれ）、笹川くんに至っては、

『一維のお願いつっぱねるとか、まじで意味わかんない』

とわたしに怒りを表す始末である。ちなみに、いつも無表情の笹川くんの無ではな

い表情を見たのは初めてだった。そういえば彼は藤堂くん大好きなんだっけ。

そんなこんなで終わりの見えない波乱の日々を憂いていたら、いつの間にか小路ちゃんはいなくなっていて、いつの間にか担任の加賀先生が黒板の前に立っていた。

出席取るぞー、と加賀先生が名簿を構える。赤井《あかい》さんから始まり、その次にわたしの名前が呼ばれた。

「鮎原」

「はあい……」

「どうした、元気ないな」

「はいぃ……」

「体調悪いのか？」

「いえ……」

「じゃあいいや。今村《いまむら》ー」

先生冷たい……。

はあ、とため息を吐きながら、机の上に置いていた台本を鞄にしまった。これは放課後に藤堂くんに返却するつもりだ。

頰杖を突き窓の外を眺める。梅雨に入れば、今日みたいな青空を見る機会も減ってしまう。

そういえば、とふいに思った。この台本のラストはどんな内容なのだろう。

わたしは一度しかこの本を読んだことがない。その一度だって途中で閉じてしまったから、ラストシーンがどのようなものであるのかを知らないのだ。三年前の上演が映されているだろうＤＶＤも結局観なかった。

物語を集めながら旅をしていたアネモネは、一体どうなったのだろう。

「……」

あのときわたしの中にいた女の子を思い浮かべながら、途切れない飛行機雲を、目で追いかける。

四時間目の授業が終わり、午前が終わった。

ほかの生徒が食堂の席取りに走ったり、購買へ買い出しに出かけたり、とっておきの休み場所へ昼寝をしに向かう中、わたしはクラス全員分のノートを抱え、職員室を訪れていた。

「失礼します」

職員室は、少し苦手だ。高校にもなると面識のない先生が多くなる。知らない人が大勢いる空間は、どことなく見られているような気になってしまって落ち着かない。

なるべく周りを見ないようにしながら、最短距離で目的の机に向かう。職員室の真ん中あたり、エアコンの風がほどよく当たるちょうどいい机に、加賀先生が座っていた。

「お、ありがとな鮎原。ここ置いといて」

加賀先生の席は演劇部の部室のようにごっちゃりと物で溢れている。先生は、転がっていたホッチキスやらクリップやらメモ帳やらを雑にどかし、なんとか空いたスペースにノートを置かせた。

机の上には、隅にまとめられた文房具に混ざり、写真立てがひとつあった。衣装を着た人を中心に、数人が笑顔でピースサインをしている写真が飾られている。演劇部の人たちだろうか。しかしわたしの知っている顔はひとりもいない。

「で、鮎原の元気がない理由は？」

椅子の背にもたれていた加賀先生が、前のめりになってわたしを上目で見た。

「朝のホームルームのとき、なんか元気なかったろ」

「あ、えっと……」

迷ったけれど、話すことにした。加賀先生は演劇部の顧問でもあるから、わたしの目下の悩みを親身になって聞いてくれるはずだ。

「と、藤堂くんのことで」

「また喧嘩したのか？　トムジェリかおまえたち」

「とむじぇり？　いや、そもそも喧嘩したことなんて一度もないですけど……」

先生に事の経緯を話した。文化祭での大役を任されそうになっていること。けれどわたしには務まらないこと。どれだけ断っても、なぜか諦めてもらえないこと。

「何やってんだおまえら」

まず第一声、先生はそう言った。

「何やってんだって自分でも思いますけど」

「しかし、なるほどね、藤堂は鮎原を主役に選んだのか」

「そうなんです。本当にどうしてか……わたししかいないって」

「若いねえ」

なんて言うけれど、加賀先生もまだ二十代だったはずだ。学年主任や教頭先生、校長先生と比べれば、わたしたちとずっと歳が近い。

「あの、先生から藤堂くんに言ってもらえませんか。わたしはできないって」

わたしが言ってもほかの部員が言っても聞かないなら、もう先生に諭してもらうしかない。

けれど加賀先生は含み笑いを浮かべるだけで、頷いてはくれなかった。

「おれは、藤堂が決めたんならそれを後押しするし、鮎原がやらないって言うのも尊重する。どっちの味方でもあり、どっちの味方もしないんだよ。まあつまり、口出しはしませんよってことだな」

「そんなあ」

しょげた。全然親身になってくれないじゃないか。

「ま、藤堂は多少我が強くはあるが、空気が読めないわけじゃないし、相手の心理を読むのにも長《た》けてる。鮎原が本気で嫌だってんなら、無理にやらせることはしないだろうよ」

「……そう、ですかね」

まあ確かに、おまえの恥ずかしいテストの点数をばらされたくなければ言うことを聞け、みたいに無理やり頷かせようとはしてこないけれど。藤堂くんはあくまでわたしの意思で「やる」と言わせたいのだ。だからこそ、厄介であるのだが。

「とりあえず元気出せ。腹いっぱい飯食えば元気出るからさ。弁当はあるのか？」

「……今日は購買のパンです、これから買いに行きます」

「じゃあこれやるよ、ほれ」

加賀先生がビニール袋から何かを取り出しわたしに投げて寄越した。

「……あんぱん」

「甘いもんは幸せを運ぶからな」

「ありがとうございます……」

もらったあんぱんを両手に握り締め、お辞儀をしてから職員室を出た。念のためこっそり賞味期限を確認したら、ちゃんと期限内のものだった。

がやがや賑わう廊下を重い足取りで教室へ向かう。小路ちゃんはまだお昼を食べずに待ってくれているかな。早く戻らないと。でも自販機でイチゴミルク買っていきたい。

たったひとつのパンを両手で持って、購買の近くにある自販機に向かい、廊下の端っこを歩いていた。

ジジっと頭上のスピーカーが鳴り、定刻通りに昼の校内放送が流れ始める。

昼休みに流される様々なジャンルの音楽は、その日その日によって毎回変わる。放送部員がセレクトしているときもあれば、生徒や先生からのリクエストで流してくれるときもある。

わたしはこの放送を密かに気に入っていた。匿名でリクエストできるから何度か投稿したこともある。自分がリクエスト表に書いた曲が流れたときには、誰にもばれないように心の中で拳を突き上げたものだ。

今流れている曲は、聴いたことのない歌だった。外国の歌だろうか。いい曲だ。

辿り着いた自販機でイチゴミルクを買う。落ち込んでいた気持ちが少しだけ上がっていた。さっきよりもちょっとだけ軽やかな足取りで、今度こそわたしは教室へ向かった。

一曲目が終わる。次はどんな曲だろう。

わくわくしながら渡り廊下に足を踏み入れた。そして、ふたたび全校のスピーカーから流れ始めた、その音を聞いたとき、わたしは大事に持っていたあんぱんと買ったばかりのイチゴミルクを落とし、その場に呆然と立ち尽くした。

『私はアネモネ』

流れたのは、歌ではない。

音楽などどこにもなく、少し雑音の混ざる中で、語る声。

『ねえ、きみの物語を聞かせてくれないかい』

ぶわりと汗が噴き出し、心臓が世界の終わりのように鳴った。

この台詞にも、そしてこの声にも覚えがあった。

忘れもしない。わたしの目下の悩みの元凶となっている出来事。

あの日、藤堂くんに聞かれていた、これは、わたしの——。

「……っ！」

慌ててあんぱんと紙パックを拾い、辺りを見回した。周囲にはたくさん生徒がいたけれど、みんなそれほど放送を気に掛けてはいないようだ。ただ、何名かは「なんだこれ？」みたいな顔をして上を見ている。

わたしは眩暈を堪えて走り出していた。

その間にもアネモネの声は流れ続ける。

『ふうん、きみもなかなか不運だね。笑えないや』

本当にそうだね。笑えない。

「はあっ……うぐぅ……」

息を切らし、パニックになって道を間違えながらも、どうにか放送室の前に到着した。ドアの上の「放送中」の表示が赤く光っている。

気持ちとしては、今すぐにでもドアを開け飛び込んでいきたいところだ。けれど根っこにある意気地なしの部分がそれを押しとどめた。

息を大きく吸い、深く吐いた。

放送室の分厚いドアを三度ノックする。

「……」

返事がなかったから、もう一度ノックした。それでも中からの応答はなく、仕方がないのでドアを開けることにした。

そのとき。

まだ触れていないはずのノブが、回る。

「ようやく来たか」

「と、藤堂くん」

少しだけ開いた隙間から出てきたのは、思っていたとおりの人物だった。

藤堂くんは廊下に出て、放送室のドアを閉める。放送はまだ続いている。

「藤堂くん。これ、止めて、お願いだから」

「心配しなくてももう終わるよ。ほら、もうすぐ鮎原がおれに気づいたところだろ」

「なんで、わたしの声が、流れて」

「放送部の友達に頼んだんだ。よく音響を手伝ってもらっててさ」

「そ、そもそも！　なんであのときの音声があるの！」

「鮎原がアネモネを演じてるのに気づいて、咄嗟に携帯で録音してたんだよ。おれ、わりと初めから聴いてたんだぜ」

頭が痛くなった。衝撃的なことが多すぎて、何をどう突っ込めばいいかわからない。

「なんで、こんなこと、したの」

うな垂れながらも絞り出した問いに、藤堂くんはあっけらかんと答える。

「鮎原に気づいてほしかったから。鮎原にとっての誇りってやつ」

「……誇り」

「なあ、鮎原。これ聴いてどう思う？　おまえが感じるのは、恥ずかしい、今すぐ止めてくれ。それだけか？」

廊下のスピーカーからは、全校に聴こえる音でアネモネの声が流されていた。いや、アネモネの声ではない。アネモネを演じるわたしの声が。

「鮎原、おまえは自分の演技がどれだけ魅力的なのか、気づかないのか？」

顔を上げると、さっきまで悪戯っ子のような笑みを浮かべていた藤堂くんが、真剣なまなざしを向けていた。

放送が止む。数秒沈黙が続いたあと、いつもどおりの音楽が流れ始めた。ドラマの主題歌になっている人気のラブソングだ。

近くにいる女の子たちの声がする。

「なんだろう今の、朗読？　ストーリー全然わかんないけど」

そりゃそうだ、アネモネの台詞しか喋っていないもの。しかも一部分だけ。

「誰の声だろう、声優さんかな」

違います。わたしです。なんの取り柄もないただの一般人です。

「上手だったね。もうちょっと聴きたかったな。また今度流れないかな」

わたしは唇を引き結んだ。

藤堂くんの顔には、笑みが戻っていた。

「どうだ鮎原。演技にはな、上手いか下手かってのも重要だよ。でもそれだけじゃない。客は技術よりも心を見抜く。役者がどれだけ演技に心をぶっ込んでるか。その熱で、客の心までも舞台に引っ張れるか」

「……」

「いいか、もう一度そいつの演技に触れたいと思わせる役者は、そういうことができる奴だ。滅多にいねぇよそんな奴。でもおれは、見つけちまった」

藤堂くんは、袖を捲《まく》った右手をわたしに突き出した。

向こうから触れはしない。わたしにこの手を、掴めと言っている。

わたしを救い上げようという手ではない。わたしを求めている手だ。ひとりで何でもできてしまえるような人が、こんなわたしを欲して、手を伸ばしている。

「鮎原、おれの舞台、やってみないか?」

藤堂くんの舞台。

いつか見た、ひなた野高校の文化祭。

わたしが何よりも憧れた場所。

綺麗な花の、咲いていた場所——。

「無理。無理だよ」

せっかくもらったあんぱんが半分潰れてしまっていた。でも力を緩めることはできなかった。今手を離したら、きっと指先の震えが止まらなくなる。

「わたし、人の前に立てないの。むかし舞台の上で失敗したことがあって、それ以来どうしても人前に立てない。大勢に見られてると思うと頭が真っ白になって、気絶するかゲロ吐くことしかできなくなるの。想像しただけで吐きそうになる」

今だって、自分の声が名前も出されず流されているというだけで、背中にびっしょりと汗を掻いている。地面がずっと揺れているように感じて、真っ直ぐ立てているのかもよくわからない。

もしもまた、あのときのようになってしまったら。

大勢の目線が恐ろしく、大きすぎる役割に耐えきれず、何もできずにみんなに迷惑をかけてしまったら。

そうならないように、自分にできないことはしないようにしてきたのに。

「だから、わたし」

「あのな鮎原。おれはできるかできないかなんて訊いてねえんだよ」

藤堂くんは、わたしに右手を突き出したまま言った。

「だっておれは、おまえができるってことをもう知ってんだから。おれは、鮎原が、やりてえかやりたくねえかを訊いてんだ」

「やりたいか、やりたくないか……?」

「ああ」

そんなことを今さら確認しないでほしい。すでに何度も伝えていたはずだ。

……いや、違う。伝えていない。やりたくないと言ったことなんてない。わたしはずっと、「できない」と言っていた。

そうだ。

だってわたしは、やりたくないと思ったことなんて、一度もなかったから。

九年前、憧れた舞台に火を灯されてから、ずっと、心の中では追いかけ続けていた。

憧れた眩しさから目を逸らしたことはなかった。

「鮎原」と、藤堂くんは何度もわたしの名前を呼ぶ。

「トラウマがあるからできねえって言うんなら、それを克服すりゃいいんだろ。そのための手ならいくらでも貸すぜ。悪いがおれには自信しかねえから、頼りにしてくれていい。なあ鮎原、おまえを縛る枷がなくなったとしたなら、それでもおまえは、やらねえって言うのか」

「……」

「おまえが今この手を掴まなかったら、おれはもう諦める。二度と鮎原を無理に誘うことはしねえよ。ただし、掴んでくれるなら」

藤堂くんは、ずっと突き出していた手を一度下げた。自分の手のひらを見つめてから、もう一度、それをわたしへと向ける。

「おまえの世界を変えてやる」

――『世界を変えるためさ』と、落ち着き払った女の子が言った。

今のままでもいいと思っていた。世界を変えたいなんて思ったことはない。わたしは正しい居場所を知っていて、そこはちゃんと心地よくて、外に出る必要なんて少しも感じていなかった。

けれど、この日陰から、日の当たる場所を見ていた。心臓のさらに奥をじりじり焦がすような思いを抱えながら。それに気づかない振りをして、ずっと見ていた。

小さな太陽の下に咲く見事な花を見た日から。

ずっと、憧れ続けていたんだ。

「……でも藤堂くん、わたしのこと嫌いじゃなかったの？」

「は？　いつおれがおまえのこと嫌いって言ったよ。ちょっとネガティブすぎるところが気になってただけだ」

「……そのちょっと気になる、にわたしがどれだけダメージ食らったことか」

「それはまあ、謝るよ。おれも見る目がなかったんだ。今はむしろ見直してる。鮎原は、すげえ奴だよ」

にかっと笑う藤堂くんの姿は、やはりわたしには眩しく映る。いや、これを眩しく思わない人なんているのだろうか。

みんな、この笑顔に絆されて、彼の周囲に集まるのだろう。

でも藤堂くんは、光を掲げてみんなを導く人じゃない。隣に並んで同じほうへと歩いてくれる人だと思う。たぶん。絶対と言うには、わたしはまだまだ、彼のことを知らない。

「……」

息を吸って吐いた。瞼を閉じて、もう一度開けた。

目の前には藤堂くんがいる。その目にわたしは、どう映っているのだろうか。

その目に映るわたしの姿を知ることができたら、わたしは、あのとき叶えられなかった憧れの姿に、なることができるのだろうか。

もしもわたしも、あの花になれたら――。

「た、タダでは嫌だ」

「なんだって？」

「あ、あんぱん！　潰れたから！　新しいの奢《おご》ってください！」

無残にあんこの飛び出したあんぱんを突き出した。死ぬほど勇気を振り絞って言っていることは、尋常じゃない手の震えでばれていると思う。

「ははっ、オッケー、乗った」

伸ばされた手に手を伸ばす。

「交渉成立な」

わたしの右手を、藤堂くんの右手が強く握った。

◇

日々は平凡に過ぎる。

劇的なことは起きず、のんべんだらりと時間は過ぎ、でもまだたっぷりと時間は残り、似たような毎日が繰り返す。

変わったことと言えば、梅雨入りしたことと、正式に演劇部に入部したことと、演劇部のみんなを下の名前で呼ぶようになったことと、みんなもわたしを奏と呼んでくれるようになったこと。ちなみに安吾くん以外。

「鮎原さん、この線に合わせて切って」

「は、はい」

梅雨の合間の貴重な晴れ間、わたしは安吾くんとふたり、中庭に出て大工仕事をこなしていた。

製作室で黙々とベニヤに色を塗っているイメージだった安吾くんだが、もちろん大道具の仕事がそれのみのわけもなく、わたしの知らないところでノコギリやらトンカチやらを駆使し力仕事をしていたようだ。

わたしは、基礎練を終え手持ち無沙汰になっていたところ、工具箱と木材を荷台に載せ出かけようとする安吾くんを発見した。そして中庭にて、安吾くんとふたり、ジャージ姿でベニヤ板を切っているという現在に至るのである。

「晴れなきゃ外でできないからね」

独り言みたいに安吾くんが言った。

「木を切るのは外でやらないと、野々宮さんが怒るんだよね」

木くずが飛んで自分の材料に付くのが嫌らしい。製作室は、大部分を安吾くんが占めているようでいて、その実、小路ちゃんに支配されているのだ。

わたしは「へえ」とか「ふうん」とか返事をしながら、ベニヤ板の間のノコギリを動かしていた。別に興味がなくて素っ気ない返しをしているわけではない。ただただ慣れない作業に必死なだけだ。

「それが終わったらこっちお願い」

終わる気配がないのに次を用意されてしまった。

「うん、そこに置いておいて」

もちろん断ることはしない。一度盛大なくしゃみをしてから、さっきからあまり位置の変わっていない気がするノコギリの柄を持ち直す。

薄い板一枚を汗だくになって切りながら、隣で同じような作業をしている安吾くんを盗み見た。安吾くんは、わたしのよりも刃が傷んでいるノコギリを使っているはずなのに、わたしのよりも厚い板を次々と切り揃えていく。すごいなあ、とつい見惚れてしまった。インテリっぽいのに意外とタフなんだ。知らなかった一面だ。

「……うしっ」

わたしも頑張ろう。できることくらいはしっかりやらないと。

ノコギリの柄を持つ手に力を込める。

あの日……一維くんが最後の手段に出てわたしを誘った日、わたしは一維くんの手を取り、文化祭での主役を引き受けた。

そして演劇部に正式入部することになった……わけではあるけれど、わたしのすることはこれまでとほとんど変わっていなかった。

演劇部はほかにも公演の予定が入っていて、『ひだまりの旅人』の稽古を本格的に始めるのはまだ先であるのだ。演劇ド素人であり、専門的な分野での手伝いができないわたしは、基礎の筋トレや発声練習をするほかは、簡単な雑用や力仕事でみんなをサポートすることが最大の役割であった。

ちなみに、わたしが入部することも、そして主演を務めることも、演劇部のみんなは快く受け入れてくれた。

『いやあ、まじで教室でお茶噴いたよね。急に奏の声が流れるんだもん。んで爆笑。一維もあほなことやるよ、ほんと馬鹿だよね。相手が奏じゃなかったらいじめだよ』

わたしでもいじめだけど……。

『うんうん。奏ちゃんのアネモネすごくよかったよねぇ』

『ね、おれもあの放送超感動しました！　まじ一維先輩すげぇ！』

そこは鮎原先輩すげぇじゃないんだね。別にいいけど。

もしもみんなに嫌がられたら、握ったはずの一維くんの手をあっさり離していたかもしれない。でも、演劇部のみんなはほんの少しも疑うことなくわたしを仲間にしてくれた。

それが嬉しかった。戸惑いも不安も拭えずにいる中で、みんなが笑ってくれるのは何より心強かった。

期待には応えられるかわからない。でもその信頼には応えたい。

いつか憧れた舞台に立ち、アネモネを演じること。それこそが、わたしがみんなの信頼に応える、唯一の方法なのだと思っている。

「文化祭のお稽古は、いつ頃から始めるのかな」

手を止めずに安吾くんへ訊ねた。ノコギリの音がうるさいから大声を出さなければいけないが、これも声を出す練習だと思おう。今のわたしは腹式呼吸を特訓しているのだ。

「もう少し先かな。今はまだやらなきゃいけない演目がほかにあるから」

大きくしてはくれない安吾くんの声は聞き取りづらい。すでに腕とお腹に意識を集中させているなか、耳にも神経を尖らせ、頑張って声を拾う。

「本格的に始めるのは、夏休みに入ってからになるかもね」

「そっかあ……まあ、そうだよね」

「それに、脚本がまだできてないしね」

「え？」

思わず手を止めてしまった。

脚本がない？　そんなわけない。

どこに行くにもなぜかその本が目の前にあるという恐怖を味わったことがあるし、その本を読んだ声を全校放送で流されるという地獄を味わったこともあるのだ。そもそも脚本の存在こそが、それらを味わうこととなったきっかけでもある。

「脚本は、あるけどない。書き上げるのは、一維の仕事」

止めていた手をふたたび動かした。安吾くんの言っていることは時々よくわからないのだけれど、つまり、今の脚本には何か足りない要素でもあるのだろうか。

一維くんは元々ある脚本に、アレンジを加えようとしているのかもしれない。

「でも一維は、少し悩んでいるみたい」

ぽつりとつぶやいた声は、わたしにとっては思いがけない言葉だった。聞き間違えたのだろうかと振り向くと、安吾くんも手を止めわたしのことを見ていた。

「だから、稽古はまだ。まずは次の作品だし、その前に鮎原さんのリハビリもしないといけないみたいだし」

「う……そうだね」

「トラウマだっけ？　克服してね。そうじゃないと、一維の望む舞台をつくれない」

「は、はい、頑張りますぅ……」

安吾くんの言うとおりだ。やる気だけあっても仕方がない。今のわたしには、大勢の人の前に立てないという、役者としてあってはならない欠点があるのだ。

ただ、どうしたらそれを克服できるのかわからなかった。簡単に治るようなものなら、人生の半分以上も悩んでいない。

「大丈夫だよ。だって鮎原さん、気持ちは舞台の上にあるから。立てないはずない」

思わぬ励ましの言葉にちょっと感動してしまった。まさか安吾くんからこんなことを言われるとは。

「って、一維が言ってたから」

そうだよね。安吾くんが信じているのは、いつだって一維くんのことなのだ。

「次に上演するのは『牛をつないだ椿の木』だっけ。小学校でやるっていう」

ここ最近、一維くんと紡くんとで稽古している作品がある。雑務のおかげで稽古風景を見たことはなかったが、部室やほかの部屋から漏れる声を聞いたことならあった。

「ううん、それはまだあと。次のは、公民館まつり」

「公民館まつり……って次の日曜日にやる奴だっけ？」

市内にいくつかある公民館のなかでも一番建物が立派な中央公民館で行われる、地域のコミュニティイベントだ。学校や市民のグループが、様々な作品を展示、発表する場らしい。実際に行ったことはないからよく知らない。

「そこでやるのは、一維が主演の『よだかの星』」

「『よだかの星』？」

聞いたことがあるような、ないような。

「宮沢賢治《みやざわけんじ》の短編だよ。一維がこれの稽古を鮎原さんに見せないのは、鮎原さんにお客さんとして舞台を観てもらいたいからみたい」

「お客さん、として？」

「鮎原さんは、おれたちの演劇を観たことがないでしょう。中に入って演じる前に、外からおれたちの舞台を観てほしいんじゃないかな」

言われてみれば、わたしは彼らの本番の様子を裏も表も知らない。それどころか毎日の基礎練習以外では稽古風景すら数えるほどしか見たことがなかった。

「そっか……みんなの舞台……」

「うん。おれたちの舞台。『よだかの星』には鮎原さんはいないけど」

安吾くんは止めていた作業を再開する。四センチ角の木の棒が、あっという間にふたつに切れてぽきりと落ちた。

「その次からは、あなたも一緒につくるから」

安吾くんの言葉が、やけに重く響いた。わたしは唇を結んだまま頷いた。


ノコギリを使っての大工仕事を片付け、旧校舎内へと戻った。ここからはトンカチを使った大工仕事が始まるようだが、それに関しては手伝わせてはもらえなかった。「鮎原さん、失敗しかしなさそうだから」とのこと。ごもっともである。

放課後の部活動はまだまだ時間が残っていた。製作室の片隅でミシンを踏み続けている小路ちゃんにはお手伝いの必要はないことは確認済みだ。一維くんと紡くんは籠もって稽古中のはず。

それならわたしは中庭に出て発声練習でもしていよう。そう思い製作室を出ると、ちょうど廊下を歩いていたひかり先輩と出くわした。

「あ、奏ちゃーん」

軽やかに髪を揺らし、天使の笑顔で駆けてくるひかり先輩は、両手でCDラジカセを抱えていた。似た物をおばあちゃんの家で見たことがあるが、それと同じくらい古そうな代物だ。あれは確か、二十年物だよって、おばあちゃんが自慢げに言っていたっけ。

「大道具のお仕事終わったの？」

「あ、はい。いや、まだ終わってないんですけど、このあとは安吾くんがひとりでやるからって。わたしは手が空いたので、外で発声練習でもしようかと」

「そうなんだあ。じゃあわたしも一緒にやっていい？」

「え、こっちこそいいんですか？」

「うん。ちょっと待っててぇ」

ひかり先輩は部室へ飛び込むと、ラジカセの代わりに畳んだビニールシートを持ってきた。

「いいお天気だしのんびりストレッチしよー」

というわけで、まだ日が暮れる気配のない中庭にシートを敷き、わたしはひかり先輩と並んでストレッチを始めた。

声を出すには喉《のど》と腹筋さえ鍛えればいいと安易なことを思っていたのだが、実際にはまったくそんなことはないらしい。発声前のウォーミングアップは全身の運動をすることが基本だ。首から肩、腕と背中、もちろん下半身も。しっかり温めておくことで、準備のできた体はいい声を出せるようになる。

「ぐぅ……っ」

「息止めちゃ駄目だよぉ」

「は、はいぃ」

両腕を頭上で組んでめいっぱい伸ばす。体育くらいでしか運動をしたことがなかったわたしは、この程度のストレッチでも体が悲鳴を上げてしまう。

「毎日続けていればどんどん楽になるよ。続けることが大事っ」

「はいぃ！」

中途半端な時間だからか、中庭をランニングする部活はない。元々生徒が通ることのほとんどない場所だから、のどかな時間ばかりが流れている。

「先輩、さっきまで一維くんたちと一緒にお稽古してたんですか？」

ひかり先輩の動きに合わせ、腕を伸ばしたまま体を右に傾けた。

「うん、そうだよぉ。いい感じに仕上がってきたから次もいい舞台になりそう」

「『よだかの星』ですよね。ひかり先輩は何役ですか？」

「わたしは演者じゃないけど……奏ちゃん、なんで演目知ってるの！」

「え？　さっき安吾くんから聞きましたけど」

「もおぉ、安吾くんてば！　内緒にしておこうって言ってたのに！」

どうやら、わたしに客として新鮮な気持ちで観てもらうために、あらゆる情報を秘密にしておこうと決めていたようだ。

「だ、大丈夫ですよ。わたしどんな話か知らないので」

「あ、そうなの？　じゃあいっか」

「あはは……」

右に曲げていた体を今度は左へと曲げる。右側がよく伸びるように。

「次の舞台、わたしは音響担当だからね。音楽のタイミング合わせてたんだ」

「だからラジカセ持ってたんですね」

「そうだよ。まあ、本番ではよほど簡易的なステージじゃない限り、ラジカセから直接音出すことはないけどねえ。ミキサーに繋いで、スピーカーから音を出すようにするんだよ」

「音響の機材ってすごく複雑だって、小路ちゃんが言ってました」

「そうそう、覚えるのがとっても難しいの。施設によって機材違うし、もう大変」

ひかり先輩は、指を組んだままで腕を前に伸ばし、背中を丸めた。肩甲骨がしっかり開くよう、腕は前に、やや落とした腰は後ろに引っ張られるようにするのがコツらしい。

わたしも見よう見真似で腕を伸ばす。

「難しいのに、しっかりやってるのすごいです」

「えへへ、ありがと。でも本当にすごいのはわたしよりもほかのみんなだよ。みんなは別の担当で、本当は音響したいわけじゃないのにやってるんだもん」

「ひかり先輩は？」

「わたしは音響の仕事が一番好きだから」

体をリラックスさせ、ふうっと息を吐きながら、ひかり先輩が笑う。

「そうなんですか？　わたし、ひかり先輩は演者をするのが一番なんだと思ってました。歌も演技もすごく上手って一維くん言ってたし」

「うん、ありがと。褒めてもらえるのすごく嬉しいよ」

ひかり先輩は、髪を結んでいたゴムを一度外し、長い髪を結び直した。

わたしはおでこに滲んだ汗を手の甲で拭いながら、偽りなく嬉しそうな顔をする先輩の横顔を見上げていた。

「わたしね、小さい頃から歌と演技を習ってたの。お母さんがわたしをミュージカル女優にしたくて。リズム感を鍛えるためにピアノもむかしから習ってた」

「へぇえ」

すとんと納得した。演劇部に入る前から基礎を学んでいたから、ひかり先輩はあんなにも自然に役に入り込めるのか。

「レッスンは大変だったんだけどね、才能があるって先生に言ってもらえたから、ずっと続けてたんだ。嫌いじゃなかったから高校でも演劇部に入ったの。でもね、習いごとでの歌と演技はもうやめちゃったんだ」

「えっ、そうなんですか？」

「ふふ、もったいないと思う？」

「ええ、まあ、うーん……」

先輩がミュージカル女優として華々しく舞台に立つ姿が容易に想像できた。だからその夢を叶えるまでは、できる限り続けたほうがよかったのではないかと思わないでもない。

「やめた理由って、聞いちゃっても大丈夫ですか？」

「うん。一年生のときにね、お母さんと喧嘩しちゃって。わたし、演技も歌も嫌いじゃないし、褒めてもらえるのも演者として抜擢してもらえるのも素直に嬉しい。でも、女優になろうと思ったことは一度もなかったの。それはお母さんの夢であってわたしの夢じゃない。演劇部に入って音響の仕事をして、わたしの一番にやりたいことは演者じゃなかったんだって気づいたんだ」

ひかり先輩は、結び直した長い髪を払い、鼻先を空に向けるようにして深呼吸した。

「じゃあ、ひかり先輩のやりたいことっていうのは……音響の仕事、ですか？」

「音響というか、作曲、かな。音響の仕事をして、劇中音楽に興味を持ってね。本当にお仕事にできるかはわかんないけど」

そっちはあんまり才能ないし、と振り向いたひかり先輩が照れ笑いを浮かべる。

「表舞台に立てる才能があるのに、どうして裏方を目指すんだって、お母さんにも歌の先生にも随分怒られた。でも仕方ないよね、やりたいんだもん。才能があるからって、それをやらなきゃいけないわけでもないでしょう。もちろん、やりたいことと才能が合わさればそれが一番幸せなことだけど」

ひかり先輩は右手と左手の人差し指を伸ばし、指先をぴたりと合わせた。

「やりたいことをやれれば、それでも十分幸せだと思う。やりたくないことを無理にやるよりはね」

「やりたいこと、ですか」

「自分に向いているかどうかで道を決めるのも悪くないよ。でもわたしたちはまだ子どもなんだから、ちょっとくらい、夢見たって構わないでしょ」

ねね、と可愛く首を傾げながら言う先輩に、わたしは曖昧に頷いた。わからなくはない、けれど。

「……将来のこととかは、わたしにはまだ考えられないです」

「ふふ。将来就く職業とか、無理して難しく考えなくてもいいんだよ。今の自分が見えている範囲のことでいいの。たとえば奏ちゃんなら、演劇部に入って、やりたいことはなんだろう、とか」

「演劇部で……」

それだったら、はっきりと思い浮かぶ答えがある。

「アネモネを、しっかり演じて、みんなと一緒に舞台をつくりたいです」

そんなこと、と言う人もいるかもしれない。けれどわたしにとってはこれまでの人生をひっくり返すような……これから先の人生を変えてしまうような、そんな挑戦になる。

自信はない。勇気も、まだない。

それでも、やりたいという思いだけは、偽物じゃない。

「うん、ちゃんと持ってるじゃん、やりたいこと」

ひかり先輩が右手でグーを作って、わたしのささやかな胸をこつんと小突いた。

「じゃあ、それをやるために、めいっぱい頑張らないとね」

「はい！」

「いいお返事だねぇ。じゃあ発声練習やろっか」

「ひゃい！」

自分の頰をぺちりと叩く。

やりたいことのために、できることをしよう。それをこつこつ続けていれば、いつかはわたしも、自分に胸を張れる自分になれるかもしれない。

一度深呼吸をしてから、足を肩幅に開いた。発声には正しい姿勢を取ることも大事らしい。リラックスして、お腹に力が入りやすいように立つ。

「腹式呼吸、練習してる？」

「はい。一維くんに押し付けられた……あー、貸してもらった本で勉強しました。あとリップロールって奴もやってます。なかなか難しいんですけど」

「おお、偉い偉い。どっちも慣れるまでは大変だよねえ。でもどっちも基本だからね。喉に力を入れないようにするために」

「はい」

おへその辺りに意識を集中させ、お腹が膨らむように息を吸う。こんな簡単そうに見えることでも、普段からやっていないとなかなか難しいのだ。

「じゃあ声出しいってみようかぁ。まずは長ぁい発声からねえ」

ひかり先輩と一緒に声を出していく。まずは長く息を続かせる方法。次に短い発声を何度も繰り返す方法。それから「アイウエオ」と一語一語をはっきりと発音する方法。

旧校舎を背に出す声が、向かいの新校舎に響く。

「ア、イ、ウ、エ、オ、イ、ウ、エ、オ、ア、ウ、エ、オ、ア、イ……」

お腹から声を出すことは難しい。今はなんとかできていても、本番は棒立ちで無感情に声を出すわけにはいかないのだ。基礎の発声を当たり前のようにこなしたうえで、人に見せられる演技をしなければいけない。

「マ、ミ、ム、メ、モ、ミ、ム、メ、モ、マ……」

果たしてわたしは舞台の上でもこんな声を出せるのだろうか。

もしもここが舞台の上で、目の前に観客が大勢いたとしたなら。わたしの喉は今のような……いや、今よりもっと立派な声を、出すことができるのだろうか。

この足で、スポットライトの下にしっかりと立ち、前を向きながら――。

「奏ちゃんってさ」

「ひぇっ」

ふいに名前を呼ばれ、思わずびくっと肩が跳ねた。振り向くと、ひかり先輩が神妙な表情でわたしを覗いていた。

まずい、何かやらかしたか？　余計なことを考えてしまっていたから、変な声の出し方をしてしまっていたかもしれない。

「奏ちゃんって、よく通ったいい声出すよねえ。気づかなかったけど、案外舞台向きだね」

「えっ……え、そう、でしょうか」

「うん。誰かに習ったことがないなら、天性のものだと思う」

ひかり先輩は、この世に春が来たかのように笑う。

「すごいことだよ、奏ちゃん。時間を掛けて基礎を身につけてちゃんと鍛えれば、奏ちゃんはもっと輝けるはずだよ」

はあ、と、美しい顔を見ながら間抜けた返事をした。

大変なことを言われていることはわかっている。そしてひかり先輩が決して嘘を吐いているわけでも、下手な同情心から言っているわけではないこともわかっている。

輝ける、か。わたしが、みんなみたいに。

ふつふつと、心臓のあるところが熱くなっている気がする。けれどこの温度を、どう言葉にしたらいいかわからない。

「す、すみません、褒められ慣れていないので、どう反応したらいいか……」

「ふふ、そういうときはね、嬉しいって言えばいいんだよ」

「うれ……あ、そっか。あの、嬉しいです、ありがとうございます！」

「はい、どういたしまして」

誰かに褒めてもらえても、素晴らしいことを言ってもらえていると気づかずに、調子に乗っちゃいけないとか、わたしなんてって思ってしまっていた。

こんな簡単な言葉で答えるだけで、相手にも笑ってもらえるんだ。

「わたし、頑張ります！」

「はいはい、一緒に頑張ろうねえ」

ひかり先輩がわたしに向かって両方の手のひらを見せた。

わたしはほっとして、自分のジャージで手を拭い、ひかり先輩の手に自分の手を合わせた。

不器用なハイタッチをした。

◇

日曜日。真夏の貯えとなる大粒の雨が朝から降り続いている。それでも客足は思ったほどには遠のかず、市の中心部にある中央公民館は朝から賑わいを見せていた。

「この雨が昨日じゃなくてよかったあ。搬入大変だっただろうからね」

雨が打ちつける窓の外を見ながら、小路ちゃんがつぶやく。

「そうだねえ。昨日は曇ってたから暑さもマシだったしね」

「今日は気温そんなに高くないはずだけど、じめっとしてて過ごしにくいよね」

「建物内は人多いから余計にじゃない？」

「外の広場に出られないからねえ」

現在地である二階のこの廊下では、家族連れや学生同士、老夫婦など多くの人が行き交っている。展示や体験コーナーなどの催し物が各部屋で行われており、自由にそれらを回れるようになっているようだ。

「さて、そろそろあたしも戻ろうかな」

小路ちゃんが、飲んでいたリンゴジュースを飲み干し、カップを潰す。

「頑張ってね、小路ちゃん」

「おう、ありがとう」

公民館の一階には、小振りなステージと二百席ほどの客席を擁するホールがあった。ひな高演劇部の公演は、約一時間後の午前十一時、そのホールで開演となる。

リハーサルは昨日のうちに行われていた。わたしは大道具などの搬入までは手伝ったけれど、リハーサル時には追い出されてしまった。だから本番当日になっても、わたしは今日の舞台がどのようなものになるのかを一切知らない。

『楽しみにしておけよ、奏。ひな高演劇部の舞台を』

今日の公演で主演を務める一維くんが、自信満々に言っていたことを思い出す。

「奏はどうする？　まだひとりで回っとく？」

小路ちゃんの問いに、首を横に振る。

「並ばなきゃいけないからわたしも行くよ。みんなにも頑張ってって伝えて」

「りょーかいだよ。奏、しっかり観ててよね」

「うん」

そして関係者通路のほうへ向かおうとした小路ちゃんだったけれど、ふと足を止めると、こちらを振り返った。

「あ、そうそう一維がね、奏に伝えておいてって言ってたんだけど」

「うん？」

「『牛をつないだ椿の木』、紡が主演で、来月に小学校でやる劇ね。あれ、奏にも出演してもらうって」

「え？」

「覚悟しておけってさ」

小路ちゃんは右手でピストルを作るとばきゅんとわたしを打ち抜き、今度こそ駆け足で行ってしまった。

わたしは、すでに小路ちゃんのいなくなった人波を、口を半開きにしながら見つめていた。

「……出演。まじか」

とうとう本格的にトラウマ克服のための挑戦をしなければいけないときが来てしまった。

わたしが、舞台に立つ。立てるのだろうか、本当に。

考えて、ぶるぶる首を振った。

文化祭で主演をやろうとしているのだから、立てるだろうかなんてことを考えてはいけない。立たなきゃいけないんだ。

舞台に立てないという恐怖心を克服しない限りは、みんなと一緒に舞台をつくることはできない。前向きにいかなければ。すぐにネガティブになってしまうのは、わたしの悪い癖だ。

「うしっ」

気合いを入れるために声に出して頷いたら、近くを通った小学生に変な目で見られてしまった。窺うような冷やかな視線にでろでろっと汗が出る。固い苦笑で誤魔化して、足早にその場から逃げた。ああ、やっぱり、不安になってきた。

ホールにはまだ入場することができなかった。出入り口の外に待機列用のパーテーションが立っていて、わたしが着いたときにはすでに十名ほどが待っていた。開始までまだ一時間もあるのにもう人がいるのかと少し驚きながら、そそくさと最後尾に並ぶ。

そしてしばらく経ち、わたしの後ろにもずらりと人が並んだ頃。待機人数を数えに来たらしい加賀先生に発見された。

「お、鮎原じゃん」

学校ではスーツをラフに着ていることが多い加賀先生も、今日は動きやすいTシャツとジャージ姿だ。

「なんだなんだ、普通に並んで。席確保してないのか」

「ほかのお客さんと同じようにして観ようと思って。だいぶ早く来たつもりですけど、もう人がいてびっくりしました」

「席数少ないから早い者勝ちだし、無料だからな」

「みんなの様子はどうですか？」

「ばっちり気合い入ってる。心配することないよ」

朝にはみんなに挨拶をしているし、昨日のリハーサルもつつがなく進行したと聞いている。訊ねはしても、最初からみんなの心配なんてしていなかった。

小路ちゃんもひかり先輩も安吾くんも紡くんも、一維くんも、彼らのする仕事で、わたしが不安に思うようなことはない。

舞台を観てと言われたけれど、本当は観る前からわかっているのだ。何事にも自信を持って挑んでいるみんなが、同じ目標を持ってつくりあげたものが、素晴らしくないわけがないんだって。

「んん？　どうした？　なんかまた元気ないな」

加賀先生が、背中を丸めながらわたしを覗き込む。先生って、どうして人の内面の動きにこんなにも敏感なんだろう。

「別に今日の公演は、鮎原を仲間外れにしてるわけじゃあないぞ」

「はい、それはわかってるので大丈夫です。あの……」

「ん？」

「『牛をつないだ椿の木』に、わたしも出るかもって、聞いて」

気持ちに連動しているのか、つい声が小さくなってしまう。

「ああ、らしいな、藤堂が言ってたぞ。志波も初主演だからってビビってるよ。そっちよりも今日の役のほうが難しいはずだけどな」

「あの、わたし、役者をするつもりで演劇部に入ったくせして、本当にできるのかなって、不安になっちゃって」

やると決めたはずなのに、いざとなると尻込みしてしまう。情けなくて、こんな自分が嫌になる。

　でも、自分を変えることは簡単ではないのだ。気合いだけでどうこうできるものではない。

「鮎原って人前に立つのが苦手なんだっけ？　授業でもそうだもんなあ」

「苦手ってレベルじゃないです。気絶するレベルです」

「そりゃ、とんでもない役者が入部してきたもんだな」

　笑いごとじゃないのに先生は笑う。まったくこの先生は、相談に乗ってくれる気があるんだかないんだか。

「わたし、できるでしょうか」

「さあ、まあ何事もやってみないことにはわからんし」

「そうですよねぇぇ……うぅ」

「でもまあ別に藤堂も、鮎原のトラウマとやらを軽く見てるわけじゃないから」

「……と言いますと」

「文化祭に向けて舞台に慣れるように、一応秘策を考えているみたいだよ」

「秘策、ですか……」

　克服するための手なら貸す、と一維くんは言っていた。彼が一体何をする気であるのかは、想像つかない。

「ま、とにもかくにも今日の鮎原はお客なんだからな。純粋に舞台を楽しめよ」

加賀先生がわたしの背中をぴしゃりと叩いた。

そのとき。

「おーい、おいおい」

どこからか、のんきな呼び声が聞こえる。

その声に反応し振り返った途端、加賀先生は「げ」と見たことのない形に顔をゆがめた。

「なんだよ、来てたのか緑井《みどりい》」

「来るに決まってるじゃん、きみの教え子の舞台なんだもん」

そう言って、加賀先生の肩を親しげに抱いたのは、すっきりとしたショートヘアが似合う女の人だった。加賀先生と同じくらいの歳だろうか、特別美人ではないけれど、背が高くて華のある顔立ちの人だ。

「暇人かよ」

「ちなみに先月の市民会館での公演も観たよ。やっぱりレベル高いよね、ひな高は」

「そりゃそうだ。おれが顧問やってるんだぞ」

「ほとんど生徒が自主的にやってるって聞いてるけど」

「どこかっ集めるんだよそういう情報」

緑井さんと呼んだ女の人の手を払い、加賀先生はばつが悪そうな顔をする。

「うるさくて悪いな鮎原。おれの高校時代の同級生なんだ」

すると、緑井さんは今気づいたといった感じで、丸く大きな目をわたしに向けた。

「ひな高の制服だ。そのリボンの色だと……えーと、二年生？　きみのクラスの子？」

「ああ。しかも、うちに入部したばかりの期待の新人」

「ど、どうも……」

「どうも。あなた、こけしみたいで可愛いね！」

「こ、こけし……⁉」

「そうだ緑井、教えておこう。鮎原は、今年のアネモネをやるんだ」

加賀先生の言葉に、緑井さんの表情が変わる。

「この子が今回の……へぇ」

笑みを浮かべたままで、けれど瞳を鋭く尖らせていた。決して嫌な視線ではないが、妙な圧を感じ、心臓がどっと激しく音を立てた。

緑井さんは、わたしの内心を探ろうとしているみたいに、じっと目を見つめてくる。

「ねえ、わたしは前回のも観てるの。前回は確か、男の子がやったんだっけ。結構よかったけど……あなたはどんなアネモネを見せてくれるんだろうね」

自分の心臓に耳を当てているみたいだった。鼓動が激しく響いて落ち着かない。

緑井さんにしか見られていないのに、まるで大勢の人に一斉に見つめられているみたいなプレッシャーを感じた。

値踏みされているのかもしれない。緑井さんは、言葉どおり、わたしの演じるアネモネがどの程度のものであるのかを見定めようとしているのだ。

「こら、あまり鮎原を怖がらせるな」

加賀先生がわたしと緑井さんとの間に割って入る。

「怖がらせてなんかないよ。応援してるんじゃない」

「こんな威圧した応援があるか」

「ごめんごめん、鮎原ちゃんだっけ。怖がらせたつもりはないんだよ」

緑井さんの手が頭に乗った。よしよしと撫でてくれるしぐさには悪意は微塵《みじん》も感じない。

「観に行くから。頑張ってね」

そう言うと、緑井さんは手を振って、列の最後尾へと颯爽《さっそう》と歩いていった。刺繍の入ったキャラメル色のロングスカートが、踏み出すたびに揺らめいていた。

ふと。

ほんの一瞬、緑井さんの姿に、別の何かが重なる。

「どうした鮎原」

「……いえ、あの人、どこかで見たことがあるような、ないような、あるような」

「どっちだよ。まあどこにでもいるような顔だしな」

「うーん」

首を傾げてみても、それ以上は何も思い浮かばなかった。

時刻は、いつの間にか開場の時間になっていた。


二百の座席はほとんど埋まっていた。

後ろの通路には立ち見も数人いて、幕が上がるまで、ホール内はそこかしこがざわめきに埋もれていた。

けれど、照明が落とされると徐々に雑音が消えていく。

そして。

幕が上がり、舞台が始まる。

「『よだかは、実に醜い鳥です』」

舞台上には、一維くんがいた。小路ちゃんが時間をかけ作っていた、黒と灰色と茶色の端切れをいくつも縫い合わせた衣装を纏っていた。

ひかり先輩の声でナレーションが流れる中、一維くんは無気力そうに、ひたひた舞台上を歩いている。

今度はどこからか、小路ちゃんの声がする。

「『まあ、あのざまをごらん。本当に、鳥の仲間の面汚しだよ』」

小路ちゃんの声は録音を流しているみたいだ。舞台上に立たない人が声だけ当てる方法はよく取るらしい。

「『ああ、またみんなが僕を蔑んでいる声が聞こえる』」

一維くんが――よだかが立ち止まり、息を吐くようにつぶやいた。悲しみの感情を抱くことにも疲れているような声だ。

ぞわりと肌が粟立つ。舞台上でひとつ、発せられたその声で、よだかの抱く深すぎる悲嘆が伝わってくる。

膝に置いた手を、無意識に握り締めていた。

「『僕が、何をしたっていうのだろう。これほどみんなに嫌われることを、僕は』」

『よだかの星』は、その醜さから、ほかの鳥に忌み嫌われているよだかを描く物語だ。よだかという鳥は、美しいカワセミやハチドリの兄であるのに、まだらな顔と大きく裂けたくちばしを持った醜い鳥だった。ほかの鳥はよだかを嫌い、会うと顔を背けたり、真っ向から悪口を言ったりする。

しかしよだかは、鷹の名前を持ちながらも、鷹とは違い鋭い爪がない。だから自分を嫌う鳥たちを怖がらせることはできなかった。

そのうえ、鷹の名を持つことで、本物の鷹からも疎まれていた。

鷹はよだかに名前を変えさせようと、よだかの家までやってくる。

「『おい、まだおまえは名前を変えないのか』」

舞台袖から、黒いマントを羽織った紡くんが現れた。ほんの少しだけ跳ねるように歩き、マントを翻しながら着地する。

体の大きな紡くんは、まさに迫力のある鷹だった。どうしてか、いつもよりもずっと、一維くんとの体格差があるように見える。

「『鷹さん。私の名前は私が勝手に付けたのではありません。神様がくださったのです』」

よだかが名前は変えられないと必死に訴えても、鷹は聞く耳を持たなかった。あさってまでに名前を変えなければよだかを殺すと言い置いて、大きな翼を広げ帰って行く。

よだかは、鷹の去ったほうを呆然と見つめ、天を仰ぎ見るようにして目をつぶった。

「『一体僕は、なぜみんなに嫌がられるのだろう』」

よだかの切実な問いに、わたしはつい、息を止めてしまった。

思いが、痛いくらいにわかった。ううん、違うけれど。よだかには落ち度はなく、わたしには、嫌われる理由が確かにあった。自分が悪いとわかっていた。それでも、周囲から浴びせられる冷たい視線やひどい言葉は痛かった。転んで膝を擦りむいたときよりも遥かに痛くて、全然治らなかった。

「『つらい、つらい話だなあ』」

よだかは音もなく空を飛び、餌である羽虫を食べる。しかし、一匹の虫を食べたときに、喉の奥で蠢《うごめ》く虫の感触に驚いて、恐ろしくなった。よだかは大声で泣きながら空をぐるぐると飛ぶ。

「『うわぁあ、あぁあ。たくさんの虫が僕に殺される。そして僕が鷹に殺される。ああ、つらい、つらいよ』」

髪を振り乱し頭を抱え、時には両腕を大きく広げて、舞台の上の『よだか』は悲しみを叫んでいた。

見慣れた一維くんの姿はそこにはなく、ただただ、ひとりぼっちのよだかがそこにいた。

「……」

よだかの姿に、自分を映した。でも、わたしは、よだかとは違った。

どうしてよだかがあんなにも苦しんでいるかを考えた。鷹に殺されてしまう恐怖から？　それだけではないはずだ。

よだかが悲しいのは、自分を諦めていないからだ。みんなに認められたくて、愛されたくて、でもそれができないから辛くてどうしようもないのだ。

わたしは、自分を諦めていた。みんなに見向きもされないことが、当たり前だと思っていた。だから平気だった。誰にも好かれず、何もできないことが、当然だから、何かを変えたいだなんて思ったことがなかった。

「『遠くの遠くの、空の向こうへ行こう』」

すべてを捨てることを決めたよだかは、兄弟であるカワセミのところへ飛んで行った。

そのシーンでは、先ほど黒いマントを羽織っていたはずの紡くんが、鮮やかな青と橙の衣装に着替え、ふたたび舞台上に現れた。

「『兄さん、どうしたんです？　何か急のご用ですか？』」

鷹とはまったく違う声だった。高く優しげな声音で問う『カワセミ』は、不思議と鷹よりもひと回り以上も小さく見える。

加賀先生が、今回の紡くんの役は難しいと言っていた理由がわかった。主演の一維くんはよだか一役。けれど紡くんは何役も任されている。

それが同一人物であると客に思わせてはいけない。まったく違う演技をして、まったく違う人物であると認識させなければいけないのだ。

「『僕は、遠いところへ行くからね。その前におまえに会いに来たんだよ』」

カワセミは兄を止めるが、よだかはもう決意していた。

「『さよなら』」

巣に戻ったよだかは、羽毛を整えると、太陽の昇った空に向かい飛んだ。そして太陽に向かい、あなたのところに連れて行ってくれと頼む。

「『星にそう頼んでごらん。おまえは昼の鳥ではないのだから』」

この声も、紡くんだろうか。鷹やカワセミとはまた少し声を変えている。舞台上に立つのは一維くんのみのまま、太陽は落ち、やがて夜になり空には星が昇る。

「『西のお星さん。どうか私をあなたのところへ連れて行ってください。焼け死んでも構いません』」

よだかはオリオン座へと願いを告げるが、オリオン座も、おおいぬ座も、大熊星《おおぐまぼし》も、そして東のわし座も、よだかの願いを退けた。

よだかは力をなくして地面に向かい落ちていく。しかし地面につこうというその瞬間、もう一度羽をはばたかせ、大空へと飛んだ。どこまでも真っ直ぐに飛んで、星の大きさがまったく変わらなくても諦めずに飛び続けた。

激しい音楽が鳴り響いている。

平坦な舞台を駆け回っている姿が、空高く上へと飛んでいるように見えてくる。

「『熱くて、寒いな。体中が痛いのに、体中の感覚がない。ああ、くるしい。息ができない。でも、どうしてだろう』」

涙を流しながら、苦しみに喘ぎながら、よだかは——一維くんは、ほんのわずか笑う。

「『今までで一番に、心がやすらかだ』」

一維くんが舞台の中央でゆっくりと地面に膝を突き倒れた。そして照明が真っ暗に落ちる。

一秒、二秒、と暗闇が続いたあとで、天井から、舞台の中央にだけひとつ明かりが落ちた。そこには一維くんがいて、一維くんは倒れたときと同じくゆっくりと起き上がると、光の中で目を開けた。

すると。周囲の暗闇に、小さな光がぽつぽつと灯る。

「『あれは……カシオペア。向こうは、天の川』」

遠くを眺めるようなしぐさのあと、一維くんは、自分の体をそっと撫でた。

伏せがちの顔を、ふたたび上げる。その表情からは、感情を絞るのは難しいけれど、どこか幸せそうでもあると、わたしは思ってしまった。

「『そして、僕は——』」

最後、一維くんがそう台詞をつぶやいたところで『よだかの星』の幕が下りた。

客席からは大きな拍手が送られ、わたしも周囲と同様に手のひらが痺れるまで拍手を送った。

拍手はうるさかったけれど、それよりもずっと、自分の心臓の音のほうが大きく鳴り響いていた。

体が熱くて仕方ない。こんなにも熱いのに、まだそれ以上のものが中心から絶え間なく込み上げてくる。

息を吐くそばから酸素を欲しがった。何度深く息を吸っても呼吸が整わない。公演の最中には、息をすることさえ忘れてしまっていた気がする。

それほど集中して舞台を観ていた。しぐさ、音、光、声、すべてを感じているなかで、いつの間にか舞台の上に心が引き込まれていた。

「……」

幕の裏側で、みんなが手を叩き合っているのが想像できる。

ああ、わたしも今すぐ、その輪に飛び込んでいけたらいいのに。

やがて観客がぞろぞろとホールから出て行く。わたしも荷物を引っ掴んで、慌ててホールを飛び出し、関係者通路へと向かった。

控室とされる部屋では、みんなが汗だくで笑い合っていた。

すぐに飛びついていきたかったけれど、どうしてか躊躇《ちゅうちょ》してしまった。わたしは、踏み出しかけた足を止め、廊下から、開け放たれたドアの向こうにいるみんなのことを見ていた。

「お、来たな奏」

一維くんがわたしに気づいた。その声に、みんなもこちらを振り返る。

「奏先輩！　どうでした、おれたちの舞台！」

「奏ぇ、楽しめた？」

「わたし失敗してなかったかなあ、奏ちゃん」

かけてくれる声に、けれどわたしの足は動かなかった。少し薄暗い廊下に立ち尽くし、制服のスカートを握り締める。

「どうした奏。よくなかったか？」

部屋に入ろうとしないわたしに、一維くんが首を傾げた。みんなもきょとんとした顔をしていて、わたしは五人を順番に見ていった。

紡くん、小路ちゃん、ひかり先輩、安吾くん。そしてもう一度一維くんへ視線を戻したその瞬間、視界がぶわりと滲んだ。

「おい、おいおい！　まじでどうした。大丈夫か奏」

「だ、大丈夫……みんなの舞台、すごいよかったよぉ！」

「じゃあなんで泣くんだよ、泣くほどじゃねえだろ」

「わた、わたしもっ、みんなと一緒にやりたいと思って……っ」

素晴らしい舞台を観せてもらった。だからこそとても悔しくて、どうしてか無性に泣けてきた。

演劇部のみんなでつくりあげた、最高の舞台。どうしてその中に、わたしがいないんだろうって。

「みんなと、劇、つくりたいと思って」

不安もある。今はまだ何も克服できていないし、舞台のなんたるかもひとつも知らない。今すぐこの場でステージに立てと言われてもできない。むかしの失敗を繰り返すだけだ。

それでも、わたしもみんなの仲間に入りたかった。同じ熱量で、同じ目標を持って、一緒に手を叩いて笑い合いたい。

よだかが最後に身が焦げるまで飛び続けたように。

わたしはあの物語を、よだかが死んで星になった悲しい物語とは思わない。誰に馬鹿にされても、夢を笑われても、自分を信じて飛び続けて、目指していた空の星に近づいた、希望の物語だと思っている。

いけれど。


よだかは最後に星になり、自分を笑ったどの鳥よりも輝いた。

わたしもそうなりたい。みんなと一緒に、憧れを目指したい。

こんなことを思うのは生まれて初めてで、だから、溢れる感情の抑え方がわからな

「泣くことないよ」

ずびっと鼻水をすする。

一維くんの後ろから、安吾くんが気だるげに顔を出した。

「今回の舞台、鮎原さんもつくってた」

「へ？」

「これ」

よだかが空に行きたいと願ったときに頭上に昇っていた星を、安吾くんは掲げていた。わたしは両目を強くこすってから、今は安吾くんの頭上でゆらゆらと揺れている、その小道具を見上げた。

「あ、わ、わたしの」

なぜ客席で観ていたときには気づかなかったのだろう。大事な場面に使われていた重要なその小道具は、入部する前に、小路ちゃんに頼まれてわたしが製作したものだった。

「わたしの星……」

「うん。ちゃんと使った。鮎原さんも力になってるから」

「ははっ、安吾、確かにそうだな」

安吾くんの肩を一維くんが抱く。無表情な安吾くんの分まで笑うように、一維くんは顔いっぱいで笑っていた。

「みんなぁ」

泣かないでいいと言われたけれど、それでも泣きながらみんなの輪に飛び込んだ。

何ひとつ力になれていないと思っていたことに関われていたことは、素直に嬉しいと思う。けれど、次はもっとみんなの力になりたい。

観客でも手伝いでもなく、演劇部のひとりとして、みんなと舞台をつくりたい。

今日よりもっと最高の舞台をつくることができたら、それって、それこそ、最高なことなのだと思う。

「よし、ひとまず今日は大成功だな。次に向けて、気合い入れるぜ！」

一維くんが右手を上げる。その手をみんなが順番に叩いた。

「奏！」

最後にわたしに向けられた手のひら。わたしは自分の手をめいっぱいに開いて、大きな音でハイタッチした。

瞼の裏につぼみ色づく

時間は過ぎるが、梅雨はまだ続いている。

徐々に近づく夏休みにカレンダーを見るたびそわそわしながらも、当たり前のように一学期はまだ続いている。

梅雨の湿気と初夏の熱気が混ざり合い、制服のシャツはすぐに汗に濡れた。

べたつく首を気持ち悪く思いながらも、冬よりもずっと近い場所にある太陽には、何か素敵な予感を感じる、そんな時季。

「こ、これは……」

放課後、部室へ行くと、昨日まではなかったはずの巨大な段ボール箱が置かれていた。

見るからに怪しかったので、ほかの部員が来るまでそっとしておいた。間もなく職員室に寄っていた小路ちゃんがやって来たので、これは何かと恐る恐る聞くと、小路ちゃんはいいコスプレのネタを見つけたときみたいな顔をした。

「お、届いたねえ」

なんでも、一維くんと小路ちゃんとで相談し、頼んでいたものらしい。次の舞台で着るわたしの衣装なのだとか。

「時々お世話になってる貸衣装屋さんでレンタルしたんだ。人気ないらしくて、お手頃価格で長期間借りられたから、練習から本番までばっちり使えるよ」

「貸衣装？　衣装は小路ちゃんが作るんじゃなくて？」

「うーん、作りたい気持ちもあるにはあるんだけど……これ作るにはちょっと時間と勉強が必要だから」

「そ、そうなんだ？」

首を傾げたけれど、みんなが揃うまでは箱を開ける気がなさそうなので、わたしも触れずにおくことにした。

しばらくすると、ぱらぱらと人が集まり始め、十分も経たずに最後のメンバーである一維くんが部室へとやって来た。

「おお、加賀先生が届いたって言ってたけど、これか！」

一維くんは鞄を放り投げると、早速段ボールの蓋を止めるガムテープをはがし始める。

「一維先輩、なんすかそれ？」

「奏の舞台用の衣装だな」

「奏先輩の？」

「ああ、秘策だよ」

秘策？　と紡くんと一緒にわたしも首を傾げた。そういえば、一維くんが何か考えているみたいだって、加賀先生が言っていたっけ。

「奏のトラウマ解消の秘策。次の舞台には、奏はこれを着て出てもらう」

人ひとり入ることもできそうな大きさの段ボールを開け放ち、一維くんは中に入っていた物を取り出した。

それは、大きな牛の頭だった。

「次の舞台、奏はこれ着て牛役な」

一維くんはにかりと笑いながら、目が大きくて鼻の穴も大きい、愛嬌のある顔をした牛の頭……の被り物を掲げる。

「き、着ぐるみ?」

いやそもそも……牛役?

「登場シーンは序盤だけだけどな。大事な役だぜ」

「あたしと一維で、なるべく可愛い着ぐるみ選んだんだからね」

「あ、ありがとう?」

段ボールの中には胴体部分も入っていた。牛と言ってもホルスタインではなく、柄は無地の茶色だった。

「顔を隠して、台詞もなしで、一度舞台に立ってみる。舞台に立つことは怖くねえんだって思わせられれば成功ってとこか」

「舞台に立つことは……怖くない」

「ああ。これがおれの考えた秘策だ。名付けて、えーっと……着ぐるみ作戦？　様になんねえな」

着ぐるみを着ても、わたしが舞台に立つことには変わりない。わたしはスポットライトを浴びるし、お客さんからの注目も浴びる。わたしは、こちらを向く多くの目を見るだろう。

しかし、これであればお客さんの目に、わたしの姿は見えない。

「わああ、可愛いねぇ。奏ちゃん、ちょっと着てみてよぉ」

ひかり先輩が愛らしく顔の前で両手を合わせる。

「え、今からですか」

「そうだな。もし上手く着られないなんてことがあったら交換しないとなんねえから。奏、ちょっと隣で着替えてこい」

「え、ええ……はい」

言われるがまま、わたしは着ぐるみの入った段ボール箱と体操服の入った袋を抱え、ひとり製作室へと移動した。

よれよれの体操服に着替えて、その上から着ぐるみを纏っていく。

「うわ、暑っ……」

胸当てのようなものが入っていたので、それを装着したあと、胴体部分を足から通した。長袖長ズボン、繋ぎの毛皮は着るだけでサウナ状態となる。これは、思ったより大変そうだと、暑さとは別の汗も流れてくる。

ファスナーは背中にあったので、締められるところまで締めて途中で諦めた。靴も入っていたのでそれを履き（サイズが大きかったから詰め物をしないといけない）、最後に大きな頭を被った。

「……」

みんなのところに行く前に、姿見で自分を見てみる。

愉快な牛がそこにいた。わたしが右手を上げると、牛は左手を上げた。

「……牛」

次の舞台に出ると言われていたわりには、すでに始まっている稽古に呼ばれないなとは思っていた。一度訊ねたら「もう少し待っていて」と言われたから、大人しく待つことにしていたのだ。

一維くんには一維くんの考えがあるのだろうと、そう思っていたのだけれど。

まさかこんな策を出してくるとは。

「……結構可愛いかも」

鏡に映る自分は、とてもわたしには見えない。外からわたしを見る人は、みんなわたしではなく愉快な牛を見ているのだ。そう思えば、少し、気が楽になる。おまけにわたしのほうも視界が悪い分、人の目が気になりにくくなりそうだ。

「いけるかも」

意外といいかも。この秘策。

「奏、大丈夫？　着れてる？」

ふいにドアが開き、小路ちゃんがひょこりと顔を覗かせた。ぱっと振り返ると小路ちゃんと目が合う。

小路ちゃんは数秒わたしを見つめたあと、無言で部室へ戻って行った。わたしは慌ててぽたぽたと走り、みんなの待つ部室へと向かった。

そして大笑いされた。

「あっは！　牛！　いいぞ奏、着こなせてる！」

「わあ、牛さんやっぱり可愛いねぇ」

「あははは、奏先輩、絶対それ超人気者になれますよ！　羨ましい！」

「ちょっとあんたたち、あんまり奏を笑わないでやってよ」

「爆笑して戻って来たのは小路じゃねえかよ」

「いやだって牛がひとりで佇んで鏡見てるの最高に面白かったんだもん」

「ぶっは！　やめろ、想像させるな」

みんなが和気藹々とじゃれ合っているのを、わたしは出入り口に突っ立ったまま見下ろしていた。額から流れる汗が目に入り、顎からぽつりとしずくが落ちた。

ぬいぐるみに使える消臭スプレー、買ってこよう。

「なあみんな、写真撮ろうぜ」

一維くんの言葉に、みんながわたしの周囲に集まり出した。小路ちゃんがどこから
か自撮り棒を用意し、その先に取り付けられたスマートフォンに向かい、みんなはピ
ースサインを送る。

「いえーい」

カシャ、と鳴るカメラの音。二枚目を撮り出すみんな。

わたしは怒りのあまり両手を振り上げ、短い足で地団駄を踏んだ。

「もう！　みんな！　もう！」

「モー？」

「もおお！」

やっぱり無理かも。この秘策。

『牛をつないだ椿の木』は、『ごんぎつね』などで知られる童話作家、新美南吉によ
る児童文学である。

舞台は明治時代の農村。山中の道のかたわらに生えた椿の若木に、牛曳きの利助《りすけ》が牛を繋いだことから始まる。人力車夫である海蔵《かいぞう》も、同じように人力車を椿の根元に置き、利助と共に、道から随分離れた泉へと水を飲みに行った。

しばらくして海蔵たちが道へ戻ると、地主がかんかんに怒っていた。海蔵と利助が離れている間に、椿に繋いでいた牛が椿の葉をすべて食べてしまっていたからだ。海蔵は、地主に散々怒られた利助を気遣い、道の近くに水場があればいいのにと考えた。そして、道端に井戸を掘ることを思いつく。

井戸を掘るための資金は、海蔵には高すぎた。だが誰も資金集めに手を貸してはくれず、海蔵は、人に頼ってはいけない、自分の力でどうにかしなければと思うようになる。

二年かけ、海蔵は一生懸命に井戸を掘るためのお金を貯めた。しかし、資金が大方貯まった頃、別の問題が浮上する。この辺りを治める人物――以前利助を叱った地主が、井戸を掘る許可をくれないのである。

海蔵は何度も頼みに行くが、地主は『自分はもうすぐ死ぬそうだが、たとえ死んでも許さない』と言う。海蔵は仕方なく地主の家をあとにする。しかし、その背を追いかけてきた地主の息子が『私の代になったら井戸掘りを承知しましょう』と言ってくれた。

海蔵は喜んだ。地主の様子を見ればもうしばらくしたら死ぬはずだ、そうしたら井戸が掘れる。そのことを、家にいる母に教えると、母は『人が死ぬのを待ち望むのは悪いことだ』と海蔵を諭したのだった。

心を入れ替えた海蔵は、翌日地主のもとへ行き、自分の心の汚さを素直に詫びた。海蔵の実直さに感心した地主は、どこでも好きな場所に井戸を掘るよう言い、喜んだ海蔵は井戸をつくった。その井戸は、多くの人の喉を潤し、喜ばせる井戸となった。

やがて海蔵は兵士として外国との戦争に行くことになるが、出立するその日にも、子どもたちが井戸で冷たい水を飲んでいた。海蔵は『小さな仕事でも人のためになることができた』と思うが、それを誰にも話すことなく、ただにこにこしながら戦いへ向かった。

海蔵はその戦争で命を落とすことになる。しかし海蔵のつくった井戸は、椿のそばで水を湧かせ続け、今も道行く人たちの喉を潤しているのであった。

……と、このようなあらすじの、道徳的な要素の強い作品である。

自分の努力が周囲の人たちを末長く幸せにする。そして彼らの笑顔に自分の心も満たされる。まさに「情けは人の為ならず」。

誰かのためを思い行動すること。奢らず素直な心で接したら、きっと他人の心も動かせること。

読み手により様々なことを読み取れ、学ぶことのできる、大変いい物語であるとわたしは思うのだが。

一維くんがこれを苦手だというのも、理解できなくはなかった。

「一維くん、ちょっといい？」

資料室では、一維くんがひとり、正面に置いたノートパソコンから目を逸らして窓の外を見ていた。

開いたドアの外から声をかけると、一維くんが振り返る。

「奏か。いいよ、どうした？」

「忙しいのにごめんね。ちょっと、動き方で訊きたいことがあって」

一維くんが出してくれた椅子に腰掛け、次の舞台の台本を見せる。

「ここなんだけどね」

「あー、そうだなあ」

地主に怒られた利助に、牛が責め立てられるシーンの確認をする。自分はどう反応してどう動くべきか。きっとアドリブをする余裕はないだろうから、事前にしっかりと詰めておかなければいけない。

「……そうだね。ありがとう。次の練習でそうしてみる」

「真面目だなあ、牛役なのに」

「牛役でも、舞台に立って演技を見せるんだから、当然だよ」

「そりゃそうだ。奏が正しい」

一維くんが笑う。

「ねえ、一維くんがこの作品を苦手って言ってた理由だけど」

「ん？　ああ、言ったな、そんなこと」

「最後、海蔵さんが戦争に行って、死んじゃうところが嫌なのかなって」

台本と原作とを読んでみて感じたことだった。悲しい最期であるからという意味でなく、ただ海蔵の人生が……考え方そのものが、一維くんの考え方とは違いすぎているのだろうと思った。

一維くんは「そのとおりだな」と頷く。

「そもそも道徳的すぎる話が好きじゃねえってのもあるんだけど。これは海蔵が戦争で命を落とすところがな。まあ、そういう時代のものだから、それが現実であって致し方ないんだろうが。なんかやるせなくてさ」

一維くんは、わたしが持っている台本をこつりと人差し指でつついた。

「自分の仕事でみんなが幸せになるって、だから何って話だろうが。それで自分は遠い地で死んでんだもんよ、世話ねえよ。海蔵は人の幸せ願ってばかりで結局自分のことは少しも顧みちゃいねえんだ。何がいい人だよ」

なんもよくねえだろ、と一維くんは続ける。

「たとえば百まで生きて老衰で死んでりゃ文句はねえけど。自分が死んだあとも自分の仕事が残ってみんなが笑顔になるからとか、こういう考え方、好きじゃねえんだよ。なんでそこにおまえ自身がいねえんだ」

一維くんとわたしの考え方が、同じというわけではない。ただ、一維くんの気持ちは理解できた。

ひとりはみんなのために。その言葉を一維くんは大事にしている。ただし、みんなの中にひとりも必ず含まれていることが、一維くんにとっての絶対条件であるのだ。

自分の力がどれだけ周囲の支えになろうとも、支えられている人たちの中に自分がいなければ意味がない。

そう思っているから、一維くんにとって海蔵の選択は、否定はしないけれど、理解できるものではないのだろう。

「まあ、そうは言っても、ただのおれの好き嫌いの話で、作品自体を貶《おとし》めたいわけじゃないぜ。むしろいい物語だと思ってるんだ」

一維くんの言葉に頷くと、一維くんも小さく笑って頷き返した。

「それに、書かれてないところで海蔵が何を思ってたのかもわからねえ。本当は戦争になんて行きたくなかったし、最後の最後は死にたくないって叫んでたかもしれねえ」

「そうだね。でも、わたしもそうだといいなって思っちゃうよ」

「おれらがこれを書いたら、ラストが変わっちまうような」

井戸を使う子どもを見つめ、笑いながら戦争に行った物語の中の海蔵を否定することになってしまうかもしれない、けれど海蔵が心の片隅ででもいいから、自分も子どもたちと一緒に井戸で水を飲む姿を夢見ていてくれればいいのにと、わたしも少し思っている。

「そうだなあ、今回のは原作に忠実だから、おれらの知らねえ海蔵の内心までは描かねえけど、今度そういう感じの脚本書いてみるもの面白いかもしれねえな」

何かを思い描いているのだろうか、一維くんは右手の人差し指を立て、絵を描くみたいに空中でくるくると回した。

「一維くんなら、この物語の一味違う世界も書けると思うよ」

「いや、あんまりハードルは上げるなよ。やるかもわかんねえし」

「あ、そ、そうだよね」

「はは、気が向いたらな。それに、今はこれを仕上げるのが先決だからさ」

一維くんの目線につられ、ノートパソコンの横に置かれていた脚本に目を向ける。

わたしが演劇部に入るきっかけとなった作品のタイトルが、それの表紙には書かれている。

「……それ、前に安吾くんが、脚本はまだできてないって言ってたんだ」

今年の文化祭で上演する、『ひだまりの旅人』という作品。脚本にすら設定がほとんど書かれておらず、謎の多い主人公『アネモネ』が、出会うモノたちの物語を聞くために旅をしている物語だ。

アネモネは自分が何者であるかを知らず、作り物であるかのような世界に自分の居場所を探し、旅をしていた。

「ああ、そうだな。できてない」

「それを言われて、どういうことなんだろうって思って読んでみたら、わたしが読んだ本には物語の途中までしか書かれてなかったんだよね」

そう言うと、一維くんはこれみよがしに顔をしかめた。

「つまり、おれが誘ってたときには、本当に読んでなかったんだな」

「ご、ごめん」

「いや、いいけど。ふうん、そう」

「ごめんって。あの、でも、わたしが読んだ部分はちゃんとしてて、どこができてないのかなって思って。本には載ってなかった最後のシーンに何かあるのかな」

アネモネが四つ目の物語を聞き終え、ふたたび旅に出たあとで、脚本は途切れていた。アネモネは彼らの抱える物語を興味深く聞き、物語に秘められた感情をひとつひとつ受け取りながらも、まだどこか空っぽで足りないままだった。

「最後のシーンに何かあるってのは正解だ。でも、正確に言えばちょっと違う」

「違う？」

「この脚本はな、元々不完全なんだよ。ラストがないんだ。わざとそうされている」

一維くんはわたしに待っていろと言い、窓際の本棚の一番端から、数冊の本を取り出した。あの辺りの棚は、あまりちゃんと見たことがない。この部屋の整理整頓をしたときも、最初から綺麗だった本棚の中身には手を付けなかったのだ。

本棚には資料用の文献が多いと思っていたけれど、一維くんが持ってきたのは十冊ほどの脚本だった。

タイトルはすべて『ひだまりの旅人』。しかし、本の表紙に書かれた脚本担当者の名前も期も、それぞれ異なっていた。

ふたたび椅子に腰掛けた一維くんが、「この作品は」と話し始める。

「三年に一度の上演を決められている。三年に一度は必ずやらないといけないってことじゃなく、三年に一度しか上演を許可されていないんだ。どうしてかって、それは誰もが、たった一回きりのチャンスしか持たないようにだ」

一維くんは広いテーブルの上に一冊ずつ脚本を並べていく。それぞれの本には、脚本家のもの以外にも、各々三期ずつ数字が記されていた。

「三年生でも経験したことはない。ひな高演劇部に所属する誰もが、高校生活でたった一度だけこの作品をつくり上げる機会を得る。そのたった一度で、自分たちだけの『ひだまりの旅人』をつくるんだ」

「自分たちだけの……」

「そうだ。ラストシーンを書き、主人公のアネモネを形づくり、その代だけのシナリオを演じることで」

ここにある脚本は、すべて同じ物語であり、どれもが違う物語であるのだ。

主人公であるアネモネの設定がほとんどされていなかった理由をようやく知った。アネモネが何者であり、そしてどんな答えを導き出して物語を終結させるのか、それもすべて三年に一度書き換えられる。

新しい答えが生まれる。

「だから、奏が読んだこの土台となる本には、何期の作品であるかが書いていない」

「何期の作品でもあり、何期の作品でもないから？」

「そのとおりだ。最初に書いたのは一期の人だって噂があるけど、本当のところはわからねえ。もしかしたら、演劇部ができるよりも前からあるのかもしれねえし」

わたしたちの学年は四十二期にあたる。ひかり先輩と後輩の紡くんを合わせ、今在学している三学年での舞台が、今年つくられる。

「おれたちは、四十一、四十二、四十三期の物語を上演することになる」

それは、今までにない舞台だった。

これまで何度も上演されてきた同じ題名の作品とは違う、わたしたちだけの『ひだまりの旅人』。

「おれは、これを書きたかった。この脚本を書くことに憧れて、ひな高の演劇部に入ったんだ」

少しだけ声をひそめた一維くんは、ラストシーンのない本を、触れてはいけないものに触れるみたいに指先だけで撫でる。

「それなのに、なかなか上手くいかねえ。ずっと考えてるんだけど、思うようなもんを書けねえんだ。何書いてもこんなもんじゃねえって思っちまう。まいったよ、もうそんなに時間もねえのに」

そして一維くんははにかんだ顔をわたしに向けた。

「なんて、情けないこと言って悪いな。奏には自信持てなんて自信満々に言うくせに」

「そんなこと、ないよ。悩まない人なんていないし」

「お人好《ひとよ》しだなあ、奏。将来おかしな奴に高い壺とか買わされないようにしろよ」

「壺？　う、うん。気をつける」

　よくわからなかったけれど強く頷いた。すると一維くんは、なぜか声を上げて笑った。

「何度か上演されてきた中で、一番だと言われている脚本があるんだ」

　ひとしきり笑ったあとで、一維くんは並べられた本の中から一冊を手に取った。ほかのどの本よりも折り目が付き、四隅もぼろぼろになっているものだった。

　萌黄色のその本の表紙には、題名の下に『脚本・三十三期　伊藤友久《いとうともひさ》』と書かれている。

「いとう、ともひさ？」

「ああ、九年前の脚本だ。この人が書いたシナリオで上演された舞台が、脚本、演出、演技力、すべてにおいて歴代最高の出来だと言われてる」

「歴代最高？　へえ、すごいね」

「ああ、本当にすごいんだ。おれはこの脚本、もう何度も読み返してる。何度読み返しても鳥肌が立つ。この人、これ書いたときは二年だったんだ。おれたちと同い年の奴が、こんなにもすげえ脚本を書いたんだよ」

　一維くんは少し頬を赤くさせながら、何度も読み返したというその本を、また開いては、文字をなぞった。

なんてことはない、古びた手作りの本であるはずなのに、一維くんの指先も視線も、まるで何より大切なものを扱っているみたいだった。

「おれは、このときの舞台を観たんだ」

「……そうなの？」

「たまたまひな高祭に遊びに来て、偶然に演劇部の舞台を観た。衝撃受けてさ、おれもこんな脚本を書きたいって憧れたんだ」

いつもと違う、あまり見たことのない表情の一維くんの横顔を見ながら、わたしはゆっくりと息を吐いて、三回瞬きをした。

驚いた。わたしと同じだったから。わたしもひな高祭で演劇部の舞台を観て、舞台に立つことに憧れたから。

わたしが観たあれは、何年前の舞台になるのだろう。今が高二だから、確か……。

「……え、ちょっと待って。九年前ってことは、わたしたち小学二年生の頃？　わ、わたしも同じの観てる！　わたしも、二年生のときのひな高祭の舞台！　観た！」

「おいおいまじかよ。奏も観たのか？　なあ、すげえシナリオだったよな！」

「ううん、どんなストーリーだったかは全然覚えてないんだ」

「はあ？　おま、まじか……」

「でも、でもね、あのときの役者さんの姿ははっきり覚えてるんだよ。スポットライイトが、まるで小さな太陽みたいで。その下で誰より鮮やかに咲いている、お花みたいな人」

わたしの目にはひどく輝いて見えた。テレビではもっと綺麗で演技の上手な女優さんを何人も見ていたのに、高校の文化祭という小さなステージの上に立ったあの人が、テレビの中のスターよりもずっと眩しく見えたのだ。

名前も知らないあのときの役者に、わたしは今も憧れている。

「その舞台を観て、わたしも演技をしてみたいと思ったんだ。結局失敗して、もう二度と舞台には上がれないって思ってたけど」

それでも何の縁か、また舞台に立つために……あのとき観た舞台と同じ場所に立つために、今ここにいる。

一度は失敗して諦めた目標だった。下ばかり見て立ち止まっていたはずのわたしが、いつの間にか、仲間たちに手を引かれて前を向き、歩き出そうとしているんだ。

「っは、笑えるな。おれたち同じ舞台に憧れて、これから同じ舞台をつくるんだ」

奇跡みたいだと言ったら笑われるだろうか。

まだ何もできないはずのわたしが、まるで無敵になったような気になってしまうほどの光に出会えたような、そんな奇跡が今ここに、起きている。

「やってやろうぜ、奏。おれたちで歴代最高、塗り替えてやろう」

一維くんが右手でグーをつくって、わたしのほうへと突き出した。

わたしも自分の右手を握る。今持っているものを離さないように、ぎゅっと強く握り締める。

「うん！」

突き出したグーに、グーがぶつかる。

◇

あまりの太陽の眩しさに、アネモネは大きな木の陰に入り込んだ。根元に腰を下ろし、折り畳んだ膝に顔を埋める。

アネモネは、少しだけ疲れていた。長い旅には慣れているが、それでも、少しだけ疲れていた。

かさついた指先で、集めた物語の数を数えてみる。最近聞いたのは、夜空に星を打ち上げる仕事をしているモノの話だ。あれは面白く、そして悲しい話だった。

物語を思い出しながら数えていくが、両の手のひらでは足りず、十まで数えて数えるのをやめた。長い旅をして、たくさんのモノに出会い、たくさんの物語を聞いてきたが、どこにも自分の居場所を見つけることはできていない。何を見て、何を知っても、アネモネは自らを知ることができず、自らに気づくこともできず、自らの世界を変えることができなかった。

どこまで旅をすることになるのだろうかと、ふと考えた。初めて考えたことだった。

答えなど、わかるはずもない。

『やあ、どうした、下ばかり見て』

ふと聞こえた声に、アネモネはおもむろに顔を上げる。かすかに陽を透かした悠々とした葉が風に吹かれて揺れていた。

『疲れているようだね。いいよ、好きなだけ休んでいくといいよ』

大木がアネモネに告げた。アネモネは首を横に振る。

『いいや、すぐに行くよ。立ち止まっては、何も見つけられないから』

『そう。きみはずっと立ち止まらずに来たんだね。ならばやはり休むといいよ。好きなだけ休んでいくといいよ』

大木が枝を揺らし、葉をざわめかせる。

すると葉の隙間から陽の光が漏れ、アネモネの場所へと降り注いだ。

『立ち止まっては何も見えないと思ったかい？　立ち止まらないと見えないものもあるものさ。感じられないものもあるものさ。なあほら、このこもれびのあたたかさを、きみは今まで知ったことがあったかい？』

アネモネは降り注ぐ光に手のひらを向けた。

太陽の下を長い間歩いて来たはずなのに、アネモネはどうしてか、初めて陽の光を浴びたように思った。

『……いいや、知らなかった』

『なら休んでいくといいよ。少なくとも、このぬくもりをあたたかいと思う間は、ここはきみの居場所だから』

どれだけ探しても見つからなかったのに、ただ気まぐれに足を止めただけのこの場所が、自分の居場所のはずがない。アネモネはそう思いながらも、不思議とこの場所を心地よく感じていた。

『進む足があるのは素晴らしい。けれど地に根を張り生きるのもまた素晴らしい』

『その生き方しか選べないとしても?』

『選べないとしても、そのひとつを選んだのは私さ。生きろと決められた場所で、生きていくと決めたのさ』

『そうか。居場所は見つけるのではなく、自ら決めるものであるんだね』

そう気づいたとき、アネモネはようやく、この世界が作り物ではないことにも気づいた。すべてが生きている。手を取り合って強く必死に生きている。そして自分もそのひとかけらであるのだとアネモネは初めて知ったのだった。

やがて月日が経ち、その場を通りかかる者があった。その者は、大木の根元の小さなひだまりに咲く、一輪の赤い花を見た。

◇

演劇部で使っている四つの教室のうち、部室の反対の端にあるのが倉庫兼稽古場である。

読み合わせや簡単な動きの練習は部室でも行うけれど、通しでの稽古は広く場所を取れるこちらの教室で行っている。

近頃もっぱら打ち込んでいるのは、地元の小学校からの依頼を受け上演する『牛をつないだ椿の木』の練習だ。迫る公演日は来週の水曜日。課外活動の一環ということで、半日学校を抜け、小学校へ訪問することになっていた。

平年より早く梅雨が明け、夏休みを指折り数えるようになった七月の放課後。

間近に迫った公演に向けての稽古に、牛役であるわたしも参加していた。

今回の劇は、端役として一維くんの友達を数名呼んでいる。以前にも何度か手伝いを頼んだことのある人たちのようで、みなさん慣れたように自分の役目をこなしていた。

「『この！　牛！　おまえのせいで！　このこの！』」

本作の主人公、海蔵役は紡くん。一維くんは地主役と名無しの町人を兼ね、小路ちゃんは海蔵の母と、同じく名無しの町人役を兼ねていた。牛を飼っている利助を務めるのは助っ人さんである。

つまりわたしはついこの間まで名前も顔も知らなかった人に棒で叩かれることになるわけであり、まあ、それは演技だし、そういう役どころなので文句はないのだが。

「『モ、モォ……』」

「『葉を全部食いやがって！』」

「『ウゥ……』」

問題は、演劇部員以外の人に見られているという事実から、見事にトラウマが発症してしまっていることだった。

外部の人も交えての練習になった途端、紡くんや一維くんとの練習ではできていたはずの動きが何ひとつ再現できなくなった。体は固く強張って、喉に蓋がされたかのようにまともな声も出せない。

頭の中で、誰かに笑われている声が聞こえる。みっともない、何あれ。わたしを指さして笑っている姿が見える。

「……ストップストップ、やり直しだ」

一維くんが両手を振りシーンを止めた。利助役の人が慌てたように振り返る。

「え、今の駄目だった？　おれ牛に厳しすぎた？」

「いや、利助はばっちりだ、そのままで頼むよ。問題は牛だな」

「そうか？　牛もよかったと思うけど……牛だし」

「おまえがいいと思っても、牛は今の自分をよしとしてねぇはずだ。なあ奏」

着ぐるみ代わりにつけているヒーローのお面を外し、腕を組んで見下ろす一維くんを見上げた。

「……うん、ごめん。わたし全然駄目だ」

「仲間にすら緊張してどうする。本番はお客が入るんだぞ」

「わかってる。妙に、意識しちゃって」

「役に入れてねぇ証拠だよ。もっと気合い入れろ。なんのための練習だと思ってんだ」

一維くんの言うとおりだった。こんなところで足踏みしていては、本番で役目を果たせないばかりか、文化祭の舞台にも立つことができない。

この練習は、次の舞台に出るためだけの稽古ではないのだ。わたしが主役として堂々とステージの上に立つための訓練でもある。

「……ごめん」

「謝らなくていい。その分しっかり自分の役割をこなせ」

一維くんが手を叩き、みんながシーンの始めの立ち位置に戻る。わたしもお面をかぶり直し、利助の隣にスタンバイする。「大丈夫?」と利助役の人がこっそり声をかけてくれた。わたしは無言で頷いた。

そして練習を再開しようとしたとき、

「ちょっと待って一維」

と、思わずといった様子で、小路ちゃんがわたしの前に立った。

「……なんだよ」

「無茶はやめてよ。無理しすぎるのだってよくないよ」

「はあ?」

「こ、小路ちゃん、わたしなら大丈夫だよ。無茶してないから」

「奏、あんたさ、着ぐるみ着てないのにすごい汗だよ。自分で気づいてんの?」

小路ちゃんがお面をはぎ取り、わたしの顔にタオルを押し付ける。

尋常じゃない量の汗を掻いていることはもちろん承知だ。さっきから何度もTシャツで拭っているけれど、額も首元も雨に降られたときみたいに濡れていた。

気温は真昼に比べれば随分過ごしやすい温度まで下がっている。暑さによる汗ではないのは確かだ。むしろ手の先は芯まで冷えていた。

「ちょっと休んだほうがいいって」

そう言ってくれる小路ちゃんに、一維くんはちらと目を遣り、わたしのほうを向く。

「どうする、奏」

「……ううん、大丈夫。やるよ」

「もう、奏……」

「小路ちゃんありがと。でも大丈夫。本当に無理なときは、わたし気絶するから」

「あんたねえ」

一維くんもわざと厳しく言っているのだとわかっている。今のわたしに優しい言葉をかけても何も変わらない。変えるためには荒療治も必要だ。

「もう一回、お願いします！」

小路ちゃんがくれたペットボトルの水を一気飲みして、顎で耐えていた汗のしずくを拭い取る。


夕日はほぼ沈みかけ、真っ赤になっていた窓の外が徐々に色を減らし始めた。旧校舎の廊下には蛍光灯が光っているが、練習を終えた稽古場は電気を点けないままでいた。

すでに助っ人のメンバーは帰宅している。わたしは紡くんとふたりで稽古場に残り、日課である帰宅前の掃除をしていた。

「……迷惑かけてごめんね」

小さいほうきでちりとりにゴミを集めながら、ぽつりと零した。背後にいる紡くんが振り返る気配がする。

「何言ってんすか。必死に練習してることの、何が迷惑になるんですか？」

紡くんがわたしの横にしゃがみ、顔を覗き込みながら笑った。

「いや、なるよ。牛にあんなに手間取って……情けない」

結局今日は何度やってもうまくいかなかった。できなかったうえに、できなくてやり直した分、時間もたくさん使ってしまった。わたしがしっかりやれていれば、この時間をほかのシーンの稽古に当てられたはずなのに。

「大事じゃない場面も大事じゃない役もないっすから。どんなとこだって精一杯やるのは当然です」

「そうだよねえ……はあ、頑張るね……」

「奏先輩は十分に頑張ってますよ」

ね、と顔を寄せ首を傾げるしぐさが、今のわたしには天使に見えた。相変わらずの距離の近さは気になるけれど、純粋な優しさが身に沁みる。

「一維先輩も厳しいこと言いますけど、奏先輩が頑張ってることはわかってると思いますよ」

「……うん、それはわたしもちゃんとわかってる。だからこそ、それに応えられるようにもっと頑張らないと」

「おれも奏先輩が全力出せるようサポートします！」

「ありがとう紡くん。しょげてたってどうしようもないよね。やるっきゃない」

両頬をぺちりと叩く。気合いを入れ直さなければいけない。

周りを意識して悪い緊張の仕方をしてしまうのは、役に入り込めていないからだと一維くんは言っていた。

そのとおりだと思う。わたしにはまだ牛である自覚が足りないのだ。もっと作品の世界に浸り、役になりきって挑まなければ、魅せられる舞台はつくれない。

「……よし、頑張るぞ！」

「おお！　一緒にいい舞台つくりましょう！」

「一維くんに最高だって言わせられるような？」

「そっす！」

紡くんが両手で拳をつくりガッツポーズをした。わたしも真似してぎゅっと両手を握る。

「じゃ、おれももっと頑張らないといけないっすね」

紡くんは立ち上がり、長い両手をめいっぱい広げて伸びをした。

「紡くんは十分上手だよ。ちゃんとみんなを引っ張ってると思うし。あ、それに、『よだかの星』もよかった。何役もやってたけど、それぞれに演技の仕方を変えてたの、すごかったよ」

「あ、そっすか？　ありがとうございます！　あれ一維先輩とひかり先輩に超しごかれたんすよ。まじ大変だったあ」

ちりとりを手にわたしも立ち上がる。ほかの部も活動を終えようとしているのだろうか、いつの間にか吹奏楽部の音色が聞こえなくなっていた。

「でもおれが一番頑張りたいのは、演技よりも脚本のほうなんですけどね」

「そういえば、脚本書きたいって言ってたね」

「はい」

わたしがゴミを捨てるのを待って、紡くんも掃除道具を片付ける。

「一維先輩みたいになりたくて。『ひだまりの旅人』にはおれはもう挑戦できないけど、でもいつか、一から自分で書いた脚本で面白い舞台をつくりたいです！」

「来年か再来年の文化祭は、紡くんの脚本を上演するかもしれないね」

「そうなるといいです」

はにかむ紡くんを見て、ついわたしも表情が溶けてしまった。紡くんはわたしよりずっと背が高くてしっかりした男の子なのに、時々庇護欲が湧くような愛らしさを見せることがあるのだ。ガキ臭いわたしのなけなしの母性がくすぐられてしまう。

紡くんは、一維くんと少し似ている気がする。見た目も中身も全然違うけれど、簡単には見えない根っこの部分が同じだと思っている。

「目標とできるものがあるのっていいよね。羨ましいよ」

掃除道具入れの扉をぴたりと閉める、自分の手の甲を見ながらつぶやいた。

「何言ってんすか。奏先輩こそ、文化祭でアネモネを演じるっていう最高の目標があるじゃないですか。余裕でかっこいいっすよ、それ」

「えへへ、ありがとう。それはそうなんだけどさ、わたしのは的を絞りすぎてるっていうか……その後のことは考えてないんだよね。演技をもっと磨きたいとか、続けたいとか、そういうの」

ずっと自分に自信を持てずにいたわたしが、舞台に立ちたいと思えたこと、演劇部のみんなと最高の舞台をつくりたいと思えていることは、胸を張っていいことであると思っている。

ただ、わたしの掲げている目標は、演劇部のほかのみんなとは違う。長い時間をかけて自分を高められるようなもの……小路ちゃんの服飾への熱意とか、安吾くんの物作りにかける真剣さとか、ひかり先輩の作曲家を目指す思いとか、一維くんの脚本に対するひたむきさとか。みんなが強く持っている、夢と言えるものが、今のわたしにはまだない。

「いいんじゃないですかね、別に」

真横に立って、紡くんは掃除用具入れの上の何もないところを見ていた。距離が近いから、背の高い紡くんの顔を見るには随分首を曲げなければいけない。

「おれだって言ってるだけで叶うかもわかんないし、そもそもまだ一年だから、二年三年と経験して、やりたいことも変わるかもしんないし。その程度の夢ですよ。でも、それでいいって思ってます」

「わたしは、やりたいことっていうのもわかんなくて、変わるどころか見つけるのすらままならないけど」

「だからいいんですって。知ってますか？　時間って誰もに平等に流れるわけじゃないんです。歳を取れば取るほど時間が過ぎるのが早くなるそうですよ。ナントカの法則って言うらしいですけど」

紡くんの視線が下がり、目と目が合った。

紡くんはいつも顔の全部を使って笑う。

「つまり、おれらって、大人よりもずっとずっと、何倍も時間があるんですよ。だからいっぱい悩んで考えていいんです。ゆっくりでいいんです。駄目なのは、自分が自分を諦めちゃうことだけですよ」

——自分を、諦めること。

まだわたしが、みんなを苗字で呼んでいた頃。一維くんに、自分だけは自分を誇らなければいけないと怒られた。一維くんの目に、あの頃のわたしは、自分をすっかり諦めているように見えていたのだろう。

一維くんの目は正しかった。自分でも気づいていたのだ。でも、日の当たらない場所から一歩を踏み出す勇気がなかった。今いる場所を離れたら、何が起こるのか、自分がどう変わってしまうかがわからないから。

小路ちゃんに背中を押され、ひかり先輩や紡くん、安吾くんに受け入れてもらえ、一維くんに手を伸ばしてもらえなければ、わたしの日々は何も変わらなかった。

「……なるほど」

「先輩、よくわかってないって顔してません？」

「そ、そんなことないよ」

「本当ですかあ？」

「本当だって。ちょっと自信出た」

すぐに人と比べて、そのうえ自分の駄目なところばかり見つけてしまうのはわたしの悪い癖だ。

一維くんが見つけてくれたわたしの価値を、これからは自分で見つけて、証明していけるようになれたらいい。

「まあ大丈夫ですよ。悩みすぎちゃってわけわかんなくなったときは、おれらに相談してくれればいいんですから。頼りにしてくれていいですよ。なんてね」

「うん、ありがと紡くん」

「さてと、そろそろ部室戻りましょうか。みんなも掃除終わってるだろうし」

「うん」

最後に窓の戸締まりを確認し稽古場を出る。

ドアを閉める直前に、一度暗い室内を振り返った。廊下側は倉庫として物がたくさん置かれているけれど、窓側は大きな動きができるようがらんと広い空間が取られている。

「奏先輩？」

「ごめん、行こっか」

ここはまだ、舞台の上じゃない。わたしはまだほんの少しだって目指すものに近づけていない。

一維くんが連れて来てくれたのは新しい場所ではなく、そこへ向かうためのスタートラインだ。ここからの一歩を踏み出すための勇気は、自分で出さなければ意味がない。

最後の枷を外すのは、わたしにしかできないことだ。

◇

「お母さん、わたしもう行くね」

登校時間はいつもよりも三十分ほど早い。快晴の七月。夏休み直前の水曜日。

「もう？　早いじゃない」

「今日演劇部の活動で小学校に行くんだ。その準備があるから」

「へえ、そうなの」

興味なさそうだな、とお母さんの表情を見つつ思いながら、襟の下にリボンをつける。鞄の中には筆箱とスマートフォンとお財布と、絆創膏《ばんそうこう》とお菓子と飴と、何度も読み込んだ台本。

「なんだ奏、まだ演劇部の手伝いやってたのか」

暑苦しいスーツに着替えたお父さんが部屋から出てきた。いつもはお父さんのほうが早く出勤するけれど、今日は家族の中でわたしが一番に家を出る。

「違うのよ、奏ね、演劇部に入部したんだって」

「え、そうなの？　奏が？」

お父さんは、心底不思議そうな顔でわたしを見ていた。その視線を無視して、お気に入りのスニーカーを履く。

「まあ表に出るのだけが演劇部の仕事じゃないからなあ」

「そうそう。奏が役者なんてやったら、またあのときみたいに倒れちゃうから」

「なんたって授業参観のときでさえ倒れかけたことあったもんなあ。恥ずかしいったらないよ」

笑い合っているお父さんとお母さんに、適当にいってきますと告げ、家を出た。

夏の空は、わたしの心なんて露知らず、今日も見事に青い。


小学校は徒歩圏内にあるため、わたしたちは各々の荷物を持って徒歩で向かい、大道具と着ぐるみは加賀先生が軽トラで運んだ。

公演は四時間目の予定だ。全校生徒が体育館に集まり、わたしたちの劇を観ることとなる。

この依頼が来た理由は、児童たちに楽しく芸術に触れてもらいたいから、普段からひな高生が課外活動やボランティアで訪れているから、そして小学校の校長先生がひな高演劇部のファンであるから、らしい。

演劇部として依頼を受けることも初めてではないようで、一年生の紡くんと新入部員であるわたし以外の部員は、みんな慣れた様子でてきぱきと準備を進めていた。

「奏」

自分の衣装を舞台袖に運んでいると、舞台上に立っていた一維くんに呼ばれた。

「は、はい」

「ちょっとこっち来て」

立ち位置などの確認でもするのだろうか。わたしは牛の着ぐるみを邪魔にならない場所に置いてから、一維くんのもとへ駆け寄る。

「何かやることあった？」

「ああ。景色の確認」

「景色？」

一維くんが右手を伸ばす。

それにつられるようにして視線を向けると、舞台の下、今は何もない広い体育館が見渡せた。

がらんとした空間を眺め、ここに入るだろう人の数を想像し、思わずごくりと唾を飲んだ。

まだ誰の視線もないはずなのに、どうしてか足がすくむ。

この場所で、わたしは今から演技をするのだ。

「どうだ、この景色」

「……すごい、広いね」

「ここにわんさとお客が集まる。今日はなかなかに盛況だぜ。何せお客はこの学校の全校児童と先生たち。六百人以上だ」

「六百……」

先日の『よだかの星』は二百人規模の会場で行った。あれの三倍以上の数が今からここに集まることになる。わたしは千を超える数の瞳に見つめられ、この場所に立たなければいけないのだ。

稽古中は、結局最後まで失敗ばかりを繰り返してしまった。ほんの数人の目しかない練習の場ですらまともに演技できなくなっていたのに、六百という人数の前に、本当に立てるのだろうか。

「顔色が悪くなってきたな」

振り返る。つい自分の頬を触ってしまった。触った指先が震えている。

「ビビってるか？」

「正直に言うと、少し」

「やめたきゃやめてもいい。これは別に試すために言っているわけじゃなくて、本当に、奏が嫌だと思うならやめていいんだ。無理して舞台に立ったって、いいものは絶対につくれない」

一維くんはわたしから目を逸《そ》らそうとはしない。でもその視線は決して厳しいものではなかった。今わたしがここから逃げたいと言えば、一維くんはそれを責めはしないだろう。わたしを見放すこともない。次の方法を探してくれるだけだ。

「……わたし」

息を吸って吐いた。呼吸まで震えていて、心底自分が情けなくなる。

それでも。

「やるよ、一維くん。やらせて。わたし……舞台に立ちたいから」

できるかできないかと問われたら、できるとは答えられない。けれど、やりたいか、と訊かれたら、イエス以外の答えはなかった。

一維くんが頷く。

「手ぇ出せ」

わたしは言われたとおり、両方の手のひらを上に向けて差し出した。一維くんはそれに自分の手のひらをそれぞれ重ねた。

「大丈夫だ。奏はできる」

ひと回り大きい手が、ぎゅっとわたしの手を包み込む。

「精一杯自分にできることをやればいいだけなんだから。誰の目も感情も気にするな。自分の声だけを聞くんだ。もしもどうしても怖くなったときだけ仲間の姿を探せばいい。おれたちはちゃんとそばにいるから」

一維くんの手から、わたしの手に。心から心へ伝えるように、一維くんはそう言った。

わたしは力の入らない指先であたたかい手を握る。同じ手のひらなのに、どうして一維くんの手は、こんなにも心強く感じるのだろう。

「……一維くん。わたし、泣きそう」

「は？　おい今かよ。泣くなよ。なんでだよ」

「なんでってこっちの台詞だよ！　ずっと厳しかったくせになんで今そんなに優しくするのぉ？　もおぉ」

「なんだよ……駄目だったかよ。つうか奏、手汗やばすぎ。気持ちわりぃ」

「あ、ありがとう。今ので涙引っ込んだ」

引っ込みそびれた鼻水をすする。

一維くんが呆れ顔で笑って、その後ろの舞台袖では、小路ちゃんが拳を突き上げて怒っていた。

「あんたたち、いちゃついてないで準備しなさい！」

「うるせえ！　いちゃついてなんかねえよ！　今からやる！」

「か、一維くん！」

ああ？　と凄みのある声で答えられたから思わず半歩後退った。けれど半歩で踏みとどまり、しゃんと背筋を伸ばして立つ。

「ありがと。わたし、頑張る」

スタートラインから、一歩前に進んでみせる。

「おう、胸張れよ奏。おまえはこのおれが見込んだ役者だぜ」

一維くんは歯を見せて笑って、わたしにグーを突き出した。自分のグーをごちんと当てる。

もうすぐ、人生で二度目の舞台の幕が上がる。


三時間目の授業が終わるチャイムが鳴った。そして児童たちが体育館へと集まり、静かだった館内はあっという間に賑やかな声に満たされた。

わたしたちはすでに準備を終えていて、幕が上がるのを待つのみとなっている。開始前の校長先生の挨拶に入ったところで、わたしは足だけ穿いていた着ぐるみに腕を通した。

「奏、後ろやったげる」

小路ちゃんが背中のファスナーを上げてくれた。ジイッと上っていく音が始まりのカウントダウンのように思えた。

「大丈夫？」

「うん。緊張はかなりしてるけど」

「無理しないでね。あたしも頑張る」

ファスナーが上まで上がりきる。一度ぐっぱと手を動かしてみた。問題ない。何度か着て練習したから、牛の体にもすっかり慣れている。

「頑張ろうね、小路ちゃん」

幕の向こうのざわめきが止んだ。始まる合図だ。

牛の頭を被る。放送室内にいるひかり先輩の姿が、狭くなった視界に見えていた。がんばれ、という口パクに、頷いて答えた。

幕が上がる。

どっと鳴る心臓を、止める暇はもうなかった。

「『やあ、暑いなあ』」

海蔵役の紡くんが袖からステージへと歩いていく。その後ろを利助とわたし——牛がついて行く。

袖から一歩踏み出した。足はちゃんと動いていた。暗い場所から、どこよりも眩しい場所へ。わたしは歩いて向かう。

「『本当になあ。どれ、この辺りでちょっと休んでいくか』」

利助の台詞はほとんど笑い声に掻き消されていた。幻聴ではなく、実際に響いている声だった。

ほんの少しだけ視界が揺らぐ。大丈夫だ、気にするな、この笑い声は確かにわたしに向けられているのだろうけれど、決して悪いものではない。お客さんは小学生だ。そりゃこんな二足歩行の着ぐるみの牛が現れたら笑うに決まっている。わたしだって笑う。

そう、みんなは牛を見て、いい意味で愉快になってくれているのだ。

「『ちょうどいい若木があるな。牛はここに繋いでおこう』」

ステージの向かって左端には、安吾くんがせっせと作った椿の木があった。二足歩行の愉快な牛は、利助によってその木に繋がれる。

台本どおり紐で繋がれ、利助と海蔵は右端の泉へと向かった。ひとりになったそのとき、ようやく、わたしは客席へと目を向けた。

「……」

無数の丸い目がこちらに向いているのがよく見えた。

四方八方から視線は、わたしのどんな挙動も見逃すまいとしているかのように、わたしの頭から爪先までをすべて絡め取っていた。

血の気の引く音を聞いた。

反して汗は溢れていた。

呼吸ってどうやってするんだっけ。

息の吸い方を忘れても、でもまだ体は動いた。わたしが今やらなければいけないことはなんだったっけ。

そうだ。葉をむしらなければ。牛が椿の葉をすべてむしることが、海蔵の物語が始まるきっかけになるのだ。

葉を取らなきゃ。海蔵と利助が水を飲んでいるうちに葉を取らなきゃ。

一枚、二枚。取った葉は食べた振りをして握り締めておく。三枚、四枚。

無我夢中で椿の葉をむしる。

「『なんてことだ！』」

ステージ上で大きな声が響いた。

知っていたくせに、思わずびくっと肩を揺らしてしまった。

「『誰だ、ここに牛なんぞを繋いだ者は！』」

いつの間にかわたしはすべての葉をむしり終えていた。

葉っぱを握りしめながら振り返ると、地主役の一維くんがすぐ隣に立っていた。

「『美しい椿の葉が、すべて食べられてしまっているじゃないか！』」

一維くんは台本どおり台詞を語り、そして、

「『この牛め！』」

と、台本にはない台詞と共に、台本にはない動作でわたしを叩いた。

「『何をやっているんだ！』」

強く叩いているかのように振りかぶった手にぽんと背中を押される。

ぽん、ぽん。一維くんの手のひらが叩くたびに、体からぽろっと何かが落ちた。

舞台上に持ってくる必要のなかった余計なものが落ちて、肩の力が抜けていく。代わりに今必要なものだけが明確に浮かび上がる。

同時に、さっきまでよりもはっきりと観客の姿が見えるようになった気がした。しかし、わたしに向くひとつひとつの視線は、もうわたしを絡め取ることはなかった。

物語は進行する。戻ってきた利助を地主は叱る。利助は地主に謝って、椿の葉を食べ尽くしてしまった自分の牛を棒で打つ。

わたしは、一維くんたちと練習したときのとおりに痛がった。登場人物の配置を考慮して、自分の立ち位置も計算して、何度も擦り合わせて練ったとおりに利助に叱ら

れる牛を演じる。

やがて地主はその場を去り、残された海蔵と利助もふたたび歩き始めた。

「『もうちょっと、あの水が道に近いといいのになあ』」

海蔵のつぶやきを最後にこのシーンは終了する。牛は利助に曳かれ、舞台上を去る。

「……」

袖に戻ると、すぐに奥へと走り膝を突いた。頭を脱ぎたかったけれど、手に力が入らなくて脱ぐことができなかった。

長距離走をしたあとみたいに重たい疲れがどっと溢れた。渇いて張り付く唇をなんとか開き、浅い呼吸を繰り返した。

「奏！」

小路ちゃんの声がして、すぽんと牛の頭が外される。

「奏、ねえ大丈夫？　あんたすごい汗だよ。それに顔も真っ青」

「小路ちゃん……」

もうすぐ出番のはずなのに、小路ちゃんはそんなこと忘れているみたいに、必死な顔でわたしの肩を掴んでいた。

体のどこにも力が入らなくて、壁に背中を預けた。小路ちゃんは一層険しい顔をしたけれど、今わたしが小路ちゃんに浮かべてほしいのは、そんな表情じゃない。

「あのね、大丈夫、じゃないけど。でもできたよ、小路ちゃん」

できたよ、わたし。舞台の上で、観客を前に演技をした。憧れ続けたあの場所に立てた。今度こそ、逃げずに立つことができたんだ。

自信はなくてもやり遂げたかった。やりたいことを、ようやくやり遂げることができた。奇跡なんかじゃない。自分と、みんなの力のおかげで。

「本当にできた、わたし」

「奏……知ってるよ、見てたもん。あたしあんたの演技見てたもん！」

声をひそめることも忘れ、小路ちゃんはわたしに飛びついた。汗で汚いからと言っても構うことなく、言葉にできないものを伝えるみたいに着ぐるみごとわたしを抱き締める。

「よくやった、奏」

抱き締め返せない代わりに、わたしはへらっとだらしなく笑った。

「野々宮さん」

安吾くんが小声で呼んでいる。

「野々宮さん、出番」

「あ、やば」

はっと我に返った小路ちゃんは、慌てて衣装を整えた。

「安吾、奏のこと頼むよ」

「おれにもおれの仕事があるんだけど」

そのとおりだからわたしのことは気にしなくてもいいのだが、小路ちゃんは「頼むよ」と念押しして舞台上へと上がっていった。

安吾くんは面倒くさそうにため息を吐いてから、のそりとした動作で振り返る。

「よかったよ、牛」

放り投げられたタオルを顔面で受け取った。いい匂いのするタオルを剥いだら、安吾くんが左手の親指を立てていた。

短い指でピースサインを返す。

「……ありがと」

そして劇はつつがなく進行し、やがて物語はラストシーンへと差し掛かる。

この脚本のラストでは、原作にはなかった海蔵の最期を描いていた。井戸で水を飲む子どもたちを見送り戦争に出た海蔵が、敵兵の銃弾に倒れる場面までを表現しているのだ。

このシーンが終わればもう一度井戸に焦点が当てられ、その周囲で笑顔になる人たちの絵と変わる。海蔵が人の為に行った仕事が後世まで残るということを伝え、エンドを迎えるのである。

　わたしは、銃を持ち戦う海蔵を見ながら、いつか一維くんと話していたことを思い出していた。

　――書かれてないところで海蔵が何を思ってたのかもわからねえ。本当は戦争になんて行きたくなかったし、最後の最後は死にたくないって叫んでたかもしれねえ。

　書かれていない以上はどんな解釈でもできる。いや、本来原作が伝えているメッセージを読み取れば、海蔵は望んで戦争に行き、自分の人生に満足しているべきであるのだけれど。

　それでも一維くんの言っていたように、海蔵が「誰かの為に」でも「誰かの為にしたことが自分の為になる」でもなく、純粋に「自分の為に」生きる瞬間があればいいのにと思ってしまう。

「……」

　一維くんは、反対側の袖からラストシーンを見ていた。

　今、一維くんは何を考えて見ているのだろう。海蔵に何を思ってほしくて、本当はどんな人生を歩んでほしかったのだろう。

　……わたしは、どうだろう。海蔵は物語の中のキャラクターでしかなく、今はただ何事もなく劇が終わるのを待てばいいだけだけれど。

　――おれはこれ、あんまり好きじゃねえんだけど。

わたしたちのつくる劇が、本当にこれで終わってもいいのだろうか。

「『はあっ……』」

紡くんの演じる海蔵の前に、銃を構えた敵兵が立ち塞がる。海蔵は咄嗟に自分も銃口を向けようとするが、それよりも敵兵が引き金を引くほうが早かった。

銃声が、轟く。

海蔵は、倒れるその瞬間も、どこか穏やかな顔をしている。

と、台本には書かれていたはずだった。

けれど。

「『……え？』」

紡くんが、役としてなのか素なのかよくわからない声を発した。

ほんのわずか、体育館内のすべてがしんと静まり返り、次の瞬間には小学生たちの弾んだ笑い声が響いた。

「『う、牛？』」

「『はい。私はあのとき利助に椿に繋がれた牛です』」

「『り、利助に椿に繋がれた牛がなぜここに？』」

牛の頭を被り直しふたたび舞台へと立ったわたしは、その身でもって海蔵を銃弾から庇《かば》っていた。床にお尻をついた状態の紡くんは目を丸くしながらもなんとか演技を続けている。

　何をしてしまっているのか、自分でもよくわからなかった。でももう後戻りはできない。さっきまでの死にそうなほどの緊張感がなくなったわけではないけれど、今はしっかりと客席を見て、自分の為すべきことを把握し、倒れず立てている実感があった。

　わたしは今、やるべきことをやるために、自分の意思でここにいる。逃げるわけにはいかない。

「『それぇ』」

「『うっ』」

　突然現れた二足歩行の牛は、海蔵を撃った敵兵にタックルをした。

「『……牛めぇ』」

　利助役もこなしていた敵兵の人は日本語で呻きながら、空気を読んで舞台袖へと消えていった。引っ込んだ暗闇では、一維くんが呆れきった顔で腕を組み、小路ちゃんが声を出さずにお腹を抱えて笑っていた。

「『牛よ……おまえ、おれの代わりに撃たれたんじゃないのか？　大丈夫か』」

　この舞台が終わったら紡くんに高いアイスをご馳走しようと思う。

「『大丈夫です。私にはぶ厚くて美味しいお肉がありますので。それよりも海蔵さん、私が今ここにいる理由は、あなたに問いたいことがあったからなのです』」

「『おれに問いたいこと?』」

「『ええ、海蔵さん。あなたは本当にここで散ってもいいのですか? それが名誉でありは本望ですか? そうだと言うのなら私はここを去りましょう。でも、もしもあなたが……あなたのつくった井戸でもう一度水を飲みたいと言うのならば』」

牛は海蔵の前に膝を突き、海蔵の持つ銃を手に取った。

もしも彼に、戦争で命を落とすこと以外の道があるのだとしたら。

「『今すぐ帰りなさい。すべてを放り出して自分の望みを叶えなさい。誰に何を言われても心のままに生きなさい。そしてあなたの為に生きなさい』」

実際の戦争ではそんなわけにはいかないだろう。しかしここは牛が戦地に赴き人間を諭す世界だ。

なんでもありだ。なんでもできる。もう一度自分と向き合って、ここではない場所を望むなら、違う道を進んでいける。それが本当に正しい答えなのかわからなければ、また悩んで別の道を選んでもいい。立ち止まってもいい。戻ってもいい。なんだってできるのだ。

だから、ありのままの自分をさらけ出して生きろ、なんて。

果たしてわたしは、誰に言っているのだろう。

『あなたを誰より笑顔にできるのは、あなた自身なのですから』」

いつの間にか牛を笑う声は止み、六百人の観客は静かに行く末を見守っていた。見られているという意識はある。けれど舞台の上に立つことに、もう恐怖はなかった。

海蔵が立ち上がる。晴れやかであり、何かを決意したような強い表情でもあった。

「『ありがとう、牛。おれは帰る。帰って、みんなと水を飲む』」

「『ええ、気をつけて。ここは私に任せてください』」

「『ハンバーグにされるなよ、牛！』」

「『されるならステーキがいいです』」

またわずかに客席から笑いが漏れる中、海蔵と牛はそれぞれ反対の袖へと引き、舞台上は暗転。ふたたびライトが点いたときには、井戸を囲んで笑う町人や子どもたちがいて、その中には海蔵の姿もあった。

そして、ひな高演劇部による『牛をつないだ椿の木』は幕を下ろしたのだった。

「何やってんだ！」

牛の頭の上からべちこんと一維くんに叩かれた。

「ご、ごめんなさい……なんか、気づいたら飛び出していまして」

「せめて事前に言ってから出ろ！　何が起きたかと思っただろ！」

「す、すみません」

「いやもうまじっすよ奏先輩！　おれ超パニックでしたもん！　おれにトラウマ植え付ける気ですか！　まじで勘弁してくださいよぉ！」

「紡くんには本当にすまんことをしたと思っている……」

わたしは頭を脱ぎ、みんなの前で深々と土下座をした。ともすれば大切な舞台をぶち壊してしまうかもしれなかったのだ。あまりに軽率な行動をとってしまったと、反省してもしきれない。

「本当に、すみませんでした」

床に触れそうなくらい下げた顔の下に、短い指をした牛の手が見えてた。着古した着ぐるみは鎧のようだ。けれど次に舞台に立つときは、この鎧はない。自分の身ひとつでスポットライトを浴びるのだ。

「……ったく」

一維くんの盛大なため息が聞こえた。

そしてぐわしと後頭部を掴まれて、汗まみれの頭を掻き回される。

「わわわ」

「でもまあ、なかなか面白かったんじゃねえのか。観てくれた人たちも満足していたようだしな。上出来だよ、奏」

顔を上げた。一維くんが鼻の頭に皺《しわ》を寄せて笑っていて、ほかのみんなもそれぞれにわたしを見ていた。

「それに」

と一維くんは言う。

「立てたじゃねえか、舞台の上。さっきのおまえ、超かっこよかったぜ」

ひと仕事をこなしたあとで、わたしほどではないにしろ誰もが汗まみれで疲れている。本当なら自分のことだけで精一杯なくらい、舞台に立つというのは大変なことなのだ。それでもみんなはわたしのことを見守っていてくれた。

そして今、舞台の成功に安堵し、一緒になって喜んでいる。

「あ、ありがとう！　みんな、お疲れ様」

「おう」

「まじっすよ。超疲れたっす。でも先輩の言葉、感動しました！」

「よかったよ奏。主役も食ってたし」

「奏ちゃん最高だったよぉ」

「鮎原さんも、お疲れ様」

自然ににへらと顔が緩んだ。嬉しい思いをもっと口に出して伝えたいのに、どう言えばいいのかわからなかった。今まで口にしたい言葉を飲み込んでばかりだったから、言葉にならない思いがこんなにもあることを、わたしは知らなかった。

「ほらみんな、いつものいこうぜ」

一維くんの呼びかけにみんなが両手を上げる。わたしも茶色い牛の両手をめいっぱいに上げた。

「大成功だ」

パチン、と軽やかなハイタッチの音が響く中、パスンという気の抜ける音も何度か交ざっていた。


かくしてわたしはかつての失敗をなんとか乗り越え、舞台に立つための自信と勇気を、最小限ではあるけれど持てるようになった。

他人から見れば、なんだそんなこと、と思われてしまうかもしれないけれど、この日の舞台での出来事は、わたしの価値観をまるっと大きく変える出来事となった。

そして、ひな高演劇部は、次の舞台の準備を本格的に進めることとなる。わたしが小さい頃に見た憧れの舞台を、あのときと同じ、でも違う脚本で上演するのだ。

あの日に見た、小さな太陽が浮かんだ光景は、今も瞼の裏に焼き付いている。

舞台上で凛と鮮やかに咲いていた花のようなあの人に、わたしも近づくことができるのだろうか。

わたしも咲けるだろうか。それはまだ、わからない。

◇

ところどころ白目を剥いてしまうような成績表をもらい、夏休みへと突入してから早二週間。

つい先日八月に入り、なおも沸騰し続ける空気のなか、わたしは汗まみれで学校に通う日々を送っている。

登校する理由はふたつ。ひとつ目はとんでもない成績をとってしまった数学と英語の補習のためである。しかしながらこれは七月いっぱいで無事に終了したので、今はふたつ目の理由のために学校へと通っている。ふたつ目の理由とはもちろん、部活動である。

「安吾くん、ここ教えてぇ」

冷房を効かせた快適な部室内で、一維くんを除いた部員五人は、向かい合って宿題に励んでいた。大きな机の一辺にわたしと小路ちゃん、反対側にひかり先輩と安吾くん、そしてお誕生日席に紡くん。

「和泉先輩、後輩に勉強聞いて恥ずかしくないんですか？」

「ないから聞いてるんだよ」

「そうですか」

「安吾、あたしも教えて！　あたしは同級生だしもちろん恥ずかしくないよ！」

「あ、安吾くん……わたしも」

「安吾先輩おれも！　どこがわからないのかわからない！」

「なんでうちって勉強できない人しかいないの？」

ため息を吐きつつもちゃんと教えてくれるあたり、安吾くんも大概いい人だなと思う。

午前中から集まり、お昼ごはんを食べ終えた午後。いつでも稽古ができるよう各々動きやすい服装のまま、わたしたちは一生懸命に夏休みの宿題を消化している。

なぜ、練習をしないのか。いやもちろんしていないわけではないのだけれど。

夏休み明け直後に行われる文化祭に向け、すでにわたしたちは『ひだまりの旅人』の稽古や道具類の製作を本格的に始めている。

しかし、わたしたちの上演する『ひだまりの旅人』は、いまだに脚本ができていないのだ。

すでに存在しているラスト以外のシーンであればいくらでも練習できるのだが、脚本が完成していない部分は稽古のしようがないし、通し稽古だってすることができない。

そこでわたしたちは、夏休み後半に集中して練習ができるよう、今のうちに協力し合って宿題を終わらせることにしたのである。午前中に部活をして、午後は宿題。飽きたらまた部活。

そんな感じで進めていたおかげで、八月上旬の現時点でほとんどの宿題を終わらせてしまっていた。いつも夏休み最終日に泣きながら宿題を片付けているわたしにしては、今年の順調さは奇跡とも言える。一緒に宿題ができる仲間がいるって本当に素晴らしいことである。

「しかし、あたしらばっかり宿題進めちゃってるけど、一維は大丈夫かね」

小路ちゃんがシャーペンを回しながら黒板のほうを見る。

「そうだねえ、一維くん、ちゃんと自分で進めてるって言ってたけど」

「一維先輩、学校にいる間はシナリオ作りに没頭してますからね」

何となく全員が手を止めていた。

今、一維くんはひとりで資料室に籠もり脚本を書いている。今だけではない。ここ最近ずっと引きこもっては、真っ白なノートやパソコンの画面と向き合い続けているのだ。

前に安吾くんが、一維くんは悩んでいるみたい、と言っていたけれど、確かにこの脚本の執筆に関してはかなり頭を抱え、筆が進まずにいるようだった。

「一維くん、あんまり根を詰めないといいけど……」

文化祭での脚本担当は一維くんであり、一維くんの脚本がなければわたしたちも練習できない。だからと言って無理をしたらできるというものでもないだろう。まだ焦るほどの時間ではないのだから、ひとりで抱え込みすぎないでほしい。

「今の一維は、大きな壁を見上げているから」

安吾くんがぽつりとつぶやいた。

そのとき、がらりと部室のドアが開いて、一維くんが入ってきた。

「悪いみんな、早く脚本書かなきゃならねえのはわかってるんだけど、どうにも集中できなくてな」

「あ、一維先輩！」

「おー、こっち超涼しいな」

「資料室冷房つけてないの？」

「あんまり使いすぎると怒られるんだよ」

一維くんは数冊の問題集やノートを机に置き、紡くんと反対のお誕生日席に座った。

「おれも宿題する」

執筆の息抜きをしたいのであれば宿題なんてしないで休憩したらいいのに、とわたしなら思ってしまうが、そのあたりの思考回路がわたしと一維くんとではまるきり違うのだろう。

一維くんは数学の問題集を開くと、さらさらと一問目を解いていく。

「……一維は聞きたいとこある？」

訊ねる安吾くんに、一維くんは不思議そうな目を向けた。

「別に。授業で習ったことばっかなんだから、解けない問題なんてねえだろ」

思わず四人が顔を伏せる。

「一維……偉いね。いいこいいこ」

「ど、どうした」

安吾くんが一維くんを撫でている間に、紡くんがノートを閉じて勢いよく立ち上がった。時間は午後二時を過ぎていた。

「じゃあおれ、ちょっとコンビニ行ってアイスでも買ってきますね！　先輩たちの分、適当に選んできちゃいます」

「紡、宿題終わったのかよ」

「心配ご無用です！　さっき安吾先輩に教えてもらったんで、二問解けました！」

「おまえな……」

一維くんの鋭い視線にも構わず、紡くんはガマ口の財布を握り締め足取り軽やかに部室を出て行った。

真夏の直射日光の下を、野球部が走り抜けていく。

閉め切った窓をすり抜けて、蝉の鳴き声が聞こえている。

『ひだまりの旅人』で舞台上に立つ役者はアネモネ役ただひとりである。

しかし、登場人物はアネモネだけではない。完成している部分の脚本だけでも、四人のキャラクターがアネモネと出会い言葉を交わす。

四人の登場人物役は、姿を現すことなく声のみで演技する。これはどの代でも同じ方法を取っているそうで、それに大きな意味があるのかと言えばとくにない。ただ何度もそのように上演されているから、わたしたちの代でも踏襲することにしたのだという。

ほかの作品では収録した音声を使用したり演者に助っ人を呼んだりすることも多々あるが、『ひだまりの旅人』に関してはそれらは一切しないようだ。裏方としては数人手伝いを頼んでいるそうだが、演者はわたし以外の部員が各々の裏方の仕事をこなしながら務めることになる。声のみの出演とは言えかなり過酷な現場となりそうだ。もしかしたらわたしが一番楽な役どころなのかもしれなかった。

アネモネは、登場人物たちひとりずつに順に出会っていく。砂漠に花を植え続けているモノを小路ちゃん。故郷が大きなクジラに飲み込まれてしまったモノを紡くん。ひとつの体で一緒に生きる双子をひかり先輩。空に星を打ち上げる仕事をしているモノを安吾くんが演じる。そう、これまで頑なに演者を拒否し続けていたらしい安吾くんも、今回に限っては役を引き受けているのだ。もちろん、一維くんに説得されたからである。

アネモネはこれまでもそうしてきたように、彼らの持つ物語を聞いていく。自分とは違う生き物の物語を知ることで、この世界を知り、自分自身を知るために。

四人の物語はアネモネの興味をそそった。しかしアネモネの見る世界を変えるまでには至らず、アネモネは自分の居場所を見つけられないまま、自分にとって作り物でしかないこの世界で、さらに旅を続ける。

ここまでが、すでに出来上がっている脚本の内容だ。

ここからアネモネがどのような答えを見つけるのか、はたまた見つけないのか、そこが各世代により異なっていく。前半部分の演出方法にももちろん個性は出るが、ラストシーンをどう描くかで、わたしたちの世代の印象が大きく決まることになるのだ。

そのためラストシーンこそが……オリジナルの脚本こそが、ほかの代と最も比べられてしまう部分になるのである。

考えれば考えるほど、一維くんに課せられた責任の大きさを痛感した。一維くんがこれから書き上げる脚本は、彼個人ではなく、今の演劇部みんなのプライドを背負うことになるのだ。

わたしだったら到底耐えられない。けれど一維くんは自ら進んで背負い、どれほど苦しくても諦めることなく、今も向き合い続けている。

手伝えることは手伝いたい。しかし脚本作りでわたしにできることはない。

今はただ物語が完成するのを待ち、そして生まれた脚本を全力で演じることが、わたしにできるたったひとつのことであるのだ。


「『珍妙な仕事をしているんだね。砂漠に花を植えても枯れてしまうのに』」

このときのアネモネはどこか愉快そうだ。砂漠に咲く花を初めて見たからだろう。それを植えているモノの姿なんてなおさら。

「『大丈夫だよ。これはね、枯れない花なんだ。水がなくても、砂嵐が吹いても、決して枯れない花なんだ』」

アネモネに反して、小路ちゃんの演じるモノの声はどこか疲れていた。体はすでに疲弊しきっている。それでも機械のように花を植え続けている。それがこのキャラクターに対する小路ちゃんの解釈だった。

アネモネは去り際に花を一輪摘もうとするがやめた。その花が花ではなく石であると気づいたからだ。

まるで薔薇のような美しい石だった。美しくあっても、しかし石だった。

石と知っていて植えているのか、それとも本当に花だと思い植えているのか、アネモネにはわからない。

どこか疑問を残しながらもアネモネがその場を去ったところでシーンが終わる。

「おお、なかなかいいんじゃない？」

端で台本を読んでいた小路ちゃんがとととっとわたしのところへ駆けてきた。

「うん、かなり形になってきたね！」

「あんたも随分堂々と演技できるようになったしね」

「えへへ、そうかな」

相手の姿が舞台上にはないからこそ、まるでそこにいるかのように演じなければいけない。アネモネの立ち位置から声のトーン、小さなしぐさや表情のひとつまで、一瞬も気を抜くことなく全身で表現し、舞台の上にアネモネ自身と、アネモネの見ている景色をつくり上げなければいけないのだ。

決して簡単なことではなかった。だから何度も話し合い擦り合わせ、最高だと思う形になるまで少しずつ組み立てては組み替えている。

もしもこの作品が何度も上演できるものであれば、回を追うごとに成長し変わっていく楽しさも味わえるだろう。

しかし、わたしたちが『ひだまりの旅人』を演じられるのは……わたしがアネモネを演じられるのはたったの一度きり。この一度にすべてを懸けなければいけない。

最初に話を聞いたときには、すごいな、と何となく思っただけだったけれど。今は少しずつ実感している。このたった一度がどれだけ貴重であり、演劇部にとってどれほど大事な舞台であるのか。

そして、この舞台で主演をすることに、どんな意味があるのか。

「奏ちゃん、次のシーン入る前に休憩しよっか」

ひかり先輩に肩を叩かれ、はっと顔を上げた。小路ちゃんはすでに椅子に座っていて、ひかり先輩と一緒に見学していた紡くんもおせんべいの袋を開けていた。

「あ、はい。休憩しましょう」

「おやつ食べる？　わたしはクッキー持ってきたんだあ」

「わあ、食べます！」

昼食は数時間前にとっていた。数日前からは勉強タイムをなくし、午後もまるっと練習や作業の時間にあてている。

もう、みんな夏休みの宿題を終えてしまったからだ。

八月は中旬に差し掛かり、夏休みの残りは半分を切っている。

それでもまだ、脚本はできていない。

「大丈夫ですかね、一維先輩」

海苔せんべいを齧《かじ》りながら、紡くんが零すようにつぶやいた。

誰もが少しだけ黙ってしまった。

今ならまだ、ラストシーンの練習にあてる時間は十分に残っている。しかし、もしもこれ以上時間がかかるなら……まだあと何日も脚本が完成しなければ、それだけ練習時間が減ることになる。練習時間が少なければ、本番に影響が出てしまう。たとえ素晴らしい脚本ができたとしても、最高の舞台をつくれない可能性があるのだ。

……いや、それならまだましかもしれない。

もっと大変なのは、脚本が最後まで完成しないこと。

「一維が書けなかったらあんたが書く？」

小路ちゃんが茶化《ちゃか》すように紡くんに言った。顔は、ほんの少しも笑っていない。

「無茶言わないでくださいよ。書きます、ってかっこよく言いたいところですけど、一維先輩が書けないものをおれが書ける自信ないっすよ」

「ま、そうだよね。一維の実力も熱意も、あたしも認めてるし」

「うーん、でも、わたしは一年生のときから見てるけど、一維くんがこんなにも悩んで書けないでいるのは初めてだよ」

ひかり先輩の言葉に、また辺りがしんとした。

「あ、あの」

声を上げると、三人ともが振り返る。

「お菓子ちょっともらっていいですか？　わたし、一維くんにお裾分けしてきます」

一維くんは今日も資料室に引きこもっているはずだ。朝には見かけたけれど、お昼もみんなと一緒にはとらなかった。

「あ、そっすね。糖分取らないと頭回んないですし」

「いっぱい持ってってぇ」

「つうか、あいつ昼ごはんちゃんと食べてんのかな」

綺麗なわら半紙をお皿代わりに、おせんべいやクッキーを山盛りに積んだ。それを持って稽古場を出て、隣の資料室へと移動する。

「一維くん、奏だけど、入ってもいいかな」

資料室のドアは閉じられていた。今日はちゃんと冷房をつけているようだ。

「奏か。いいよ」

中から声がした。お菓子を落とさないように気をつけながらドアを開けると、ほのかな冷気がぬるい廊下に漏れた。

「あの、一維くん、お菓子持ってきたよ」

「お、さんきゅー、ちょうど小腹が空いてたところだ。奏も一緒に食おうぜ」

一維くんは室内の真ん中にある大きなテーブルを使っていた。いつもの彼の定位置だ。

テーブルの上には脚本と、びっしり文字が書かれたノートや丸められた紙、そして画面が暗いままのノートパソコンが置かれている。

「そっちの練習はどうだ？」

「結構いい感じだよ。どのシーンもかなり形になってきてる」

「そうか、いいことだ。練習がしっかりできてりゃ本番への自信になるからな」

一維くんはいくつかあるおせんべいを物色している。

わたしは、夏休みに入ってから練習用に買ったハーフパンツの裾を、ぎゅっと握り締めた。

「脚本、どう？　書けてる？」

訊ねたわたしのことを一維くんは見なかった。

「書けてるは書けてるよ。もうずっとたくさん書いてる。でも全部消してる」

一維くんはおせんべいを物色している。でも何も手に取ろうとしなかった。選んでいる振りをしているだけだと気づいた。本当は、彼の内心はそれどころじゃない。

「何書いても足りねえ気がすんだよ。こんなもんじゃねえって思っちまう。悪いな、みんなにはすげえ迷惑かけてるってわかってんだけど」

「そんなことないよ。誰も迷惑なんて思ってない」

「でも実際、これ以上脚本に時間かけるわけにはいかねえだろ」

一維くんの手が止まった。同時に振り返り、目と目が合った。

「おれさ、九年前の脚本に憧れてるって言ったよな」

頷く。一維くんは九年前に、わたしが観たものと同じ舞台を観たのだ。そのとき、わたしは舞台に立つ役者に憧れ、一維くんは上演された物語そのものに憧れた。

「何書いてもその脚本が浮かぶんだ。そんで、何書いてもそれを越えられねえんだよ。あれ以上のものをつくりたくて脚本に志願したってのに、結局、憧れたもんよりもいいものをおれは生み出せねえんだ」

「……」

一維くんの表情がゆがむ。

わたしの目に、一維くんの存在はいつも輝いて、自信に溢れて見えていた。そんな人が、これほど悔しそうな表情を浮かべることがあるなんて、思ったこともなかった。

ずっとずっと、一維くんは、わたしとは違う人だと思っていた。

なんでもできて、できないことなんてなくて、自分を誇ることを躊躇わない、生まれたときからの主人公だと思っていた。

「なあ奏、おまえが書くか？　おれたちの脚本」

一維くんが口元だけで笑う。

「牛のアドリブなかなかよかったしな。おまえのがおれよりも、ずっとアネモネをわかってるだろうし」

恐らくここでわたしが書くと答えたら、本当に一維くんは執筆を止め、わたしに任せるだろうと思った。

それくらい追い詰められているということだ。それほどまで、この脚本と真剣に向き合っている。

ほかの誰よりも、まだここにない物語を待っている。

「わたしね、確かにアネモネをわかってる自信はあるよ。でも脚本をわかってるのは一維くんだから。一維くんじゃなきゃ書けないよ」

「書けないかもしれねえよ、当日まで」

「そしたらラストシーンはなしにして、今できてるところまでを上演する。それがわたしたちの舞台であって、わたしたちの物語になる」

ラストシーンがない。それが、わたしたちの『ひだまりの旅人』の終わり方となるだろう。

それでもいいと思った。部員全員が全力を出してつくりあげた結果ならば。

「……ラストがないとか。馬鹿かよ。許されるわけねえだろ」

「そう思うなら、一維くんが書いて。できるよ。だってわたし、一維くんができるって知ってるもん」

こんなことを言うのはおこがましいだろうか。わたしはほかの部員ほど一維くんとの付き合いは長くないし、彼の脚本を演じたこともない。

でも、一維くんの持つ舞台への思いとか、憧れを語るときの表情とか、わたしに伸ばしてくれた手の心強さは、この身でしっかりと感じていた。

きみはできるよ。必ずできるよ。

一維くんが言ってくれたその言葉を、今度はわたしから一維くんへ、自信を持って言える。

「奏、いつからそんなふうに自信たっぷり頷けるようになったんだ？　前はどもってばかりだったくせに」

「一維くんのおかげだよ。演劇部のみんなのおかげ」

「……そうかよ」

「ねえ、手ぇ出して」

一維くんは訝《いぶか》しみながらも、両方の手のひらを上にしてわたしの前に出した。わたしはそれに自分の手を重ねる。小さくて、まるで何も掴めないような心許ない手だけれど、自分のじゃない手と温度を離さないように、ぎゅっと強く掴む。

「わたしね、世界を変えるつもりなんてなかったんだ。だって自分の世界を変えるのは、もっと難しいことだと思ってたから。簡単には変わらないと思ってた。だから、今のままでよかったんだ」

眩しい光に憧れながらも、一度挫折したせいで前に進む勇気を持てなくなってしまった。

だからずっと日陰にいた。遠くの光を見るだけで満足した振りをして、今自分が立ち止まっているところから動かないようにしていた。

「でもね、世界を変えるって、簡単なことだって気づいたんだ。自分の気持ちひとつで世界って変わるんだよ。特別なことが起きたわけでもないのに、でも、何かが、今までと全然違うの」

その何かを言葉で表すのは難しい。ただ、確かにわたしの中に存在して、そして確かに変わっていた。

気持ちひとつで見える景色が変わる。自分の世界が大きく変わる。脇役だって主役になれる。主役が、誰かの背中を押す役にもなれる。

「一維くん。わたしの世界を変えてくれてありがとう。一維くんの言ったとおり、一維くんは誰より頼りになる人だよ」

にかりと笑った。相変わらずわたしは笑顔を浮かべるのが下手だった。ひかり先輩のように朗らかに微笑むことも、小路ちゃんや紡くんみたいに豪快に気持ちよく笑うこともできない。

でも偽物じゃないことを伝えたい。一維くんが苦手だと言った、心を隠して笑うわたしはもういない。

「わたしは、頼りにはならないと思うんだけど、でも、みんないるから。わたしだけじゃないから。心配しないでね。わたしたちがつくってるのは、一維くんひとりの舞台でも、きみがいない舞台でもない。一維くんとわたしと、小路ちゃんとひかり先輩と安吾くんと紡くん。みんなでつくる舞台だから」

わたしを巻き込んだのは一維くんだ。

一維くんのせいでわたしの平穏は壊され、そして日の当たる場所へ引っ張り出された。

そこは、日陰にいたわたしには明るすぎて目のくらむ場所だった。けれど眩しさに慣れると、その場所のあたたかさに気づいた。

「一緒につくろう。わたしたちの最高の舞台」

一維くんの手を一層強く握る。言葉にならないものが、手のひらから伝わればいいと思った。

震えた息を吐く。

時間が止まったみたいだった。

一維くんは何も話さずにわたしを見ていた。その目が今、何を思っているのか、推し量ることはできなかった。わたしは人の内心を読み取るのが苦手なのだ。もしもわたしと一維くんの立場が逆なら、一維くんは簡単にわたしを見抜いて、わたしに必要な言葉をくれるのだろう。

窓の外の蝉の声が、急に大きくなった気がした。

「奏」

ほんのわずか、一維くんの手がわたしを握り返した。

しかしすぐに緩ませたどころか、わたしの手を跳ねのけ、一維くんは目を逸らした。

「一維くん」

「奏、悪いけど、出て行ってくれないか」

わたしは短く息を吸い、唇を引き結んだ。

泣きそうになった。やっぱりわたしは何も伝えられはしないのかと。

でも泣かなかった。

一維くんの言葉はわたしの涙を出させようとするし、引っ込めもするのだ。

「すぐに脚本を書く。今日中にみんなに渡すよ。だから伝えておいて」

一維くんが不敵に笑う。何度も見てきた一維くんらしい表情だった。

体中に熱がともる。

「うん。なんて、伝えればいい？」

ああほらまた、世界が変わる。

「待たせたなってさ」


そしてその日のうちに本当に脚本は出来上がった。

わたしたちだけの『ひだまりの旅人』が、その日から始まった。

ひだまりに花の咲く

夏休みが明けた九月。連日続く晴天が、当たり前のように続いている土曜。

ひなた野高校の文化祭が、吹奏楽部のファンファーレと共に始まった。

開門直後から、他校の学生や近所の人たちがわんさと訪れ、校内はあっという間に大勢の人で溢れ返った。

日常の場であるはずの校舎が、今日だけは非日常の世界だった。音、匂い、景色、すべてがいつもと違っていて、今日が特別な日であることを全身で感じた。

わたしは開場の九時から、クラスでやっている模擬店でたこ焼きを焼いていた。まだ夏も終わっていないのに熱々のたこ焼きなんて食べる人がいるのか、そう思っていたのに、思いがけず店は繁盛し、わたしは目まぐるしくたこ焼きを焼き続けた。

そして。

「遅いぞ奏！」

「ごめんなさい！　たこ焼きが止まらなくて！」

演劇部の公演は、昼休みが終わった十三時からだ。大道具の準備にメイクや着替え、発声練習に最後の打ち合わせ等々のため、遅くても十一時には部室に集合するよう言われていた。

にも関わらず、わたしは三十分ほど遅刻してしまったのだった。

「たこ焼きが止まらねえってなんだ！　たこ焼きは動かねえよ！」

「ご、ごめんなさいぃ！」

「一維ごめん。うちのクラスまじで思ったより繁盛してて。いやまじで。奏が抜け出すタイミングなかったみたいでさ」

ご立腹の一維くんと土下座中のわたしとの間に小路ちゃんが入ってくれる。

「そうだよぉ一維くん。クラスのことはやらなきゃいけないから仕方ないってぇ」

「うんうん、そっすよ一維先輩。奏先輩も反省してるし」

ひかり先輩と紡くんもわたしを庇ってくれた。感動しながら見上げていると、なんと、さらに思いがけない人まで助け舟を出してくれたのだった。

「もう怒らなくていいんじゃない一維。時間がもったいない」

眉を吊り上げている一維くんの肩を、安吾くんがぽんと叩く。

「あ、安吾くん……安吾くんが一維くんよりもわたしの肩を持ってくれるなんてぇ」

「は？　何言ってんの？　いいから早く準備してよ。一維の舞台を台無しにする気？」

「あ、はい、すみません」

ですよね。そうだと思った。

「……ったく」

一維くんがこれみよがしにため息を吐く。

そして「奏」と低い声でわたしを呼び、隣の製作室を顎で指した。

「すぐにメイクと衣装を完成させて来い。三十分以内でだ」

「は、はい！　喜んで！」

「喜ぶな。小路は奏を手伝ってやって」

「はーい」

わたしはばたばたと部室を出て、衣装とメイク道具が置いてある製作室へと移動した。

部室を出て行くとき、後ろから一維くんの呆れた笑い声が聞こえた気がした。

「ほんっとにおまえ、締まらねえな」

締まってしまっては、きっとわたしではなくなってしまうと思うので。


支度は言われたとおり三十分以内で済ませた。わたしはされるがままの人形状態であったので、頑張ったのは衣装とメイクを施してくれた小路ちゃんのほうであった。アネモネの衣装は小路ちゃん渾身の力作だ。ファンタジーな世界観を意識した、独特であり、でもどこか懐かしさも感じる、古ぼけた衣装。

色は亜麻色の生地を基調とし、セピア色や茶色、差し色でほんの少しだけ臙脂《えんじ》を混ぜている。下は踝《くるぶし》まであるつぎはぎのワイドパンツ、上はポンチョのように羽織れる形につくられていた。足元は裸足と迷ったが、一維くんと小路ちゃんとで相談し、服と同じ布地を貼ったブーツを履くことにした。

髪は逆毛を立たせてスプレーを振り、長い期間整えられていない印象を出す。こちらも小路ちゃんお手製の髪飾りをつけ完成だ。

「よし、現れたね、アネモネ」

三十分経って姿見を見ると、わたしではない女の子がそこにいた。

外見は十代にしか見えないのに、十数年なんて月日じゃ足りないほどに多くのものを見てきたかのような目をしていた。

どれだけ多くのものを見ても、彼女にはまだ何もない。瞳はガラス玉であり、心は常に空洞であるのだ。

彼女は自分を探している最中だから。

「ねえ小路ちゃん」

鏡越しに問いかけると、小路ちゃんも鏡越しに返事をした。

「あのね、今日の舞台、お父さんとお母さんが観に来てるんだ」

「お、まじで？　そりゃいいとこ見せてやらないとね！」

小路ちゃんがガッツポーズをする。

「ふふ。あのさ、お父さんたちはわたしに全然期待してないんだよ。わたしが主演やるって言ったの最後まで信じてなかったし、本当にやったところで、どうせむかしみたいに失敗するんだろって思ってる」

小学生のときのあの舞台も、お父さんとお母さんは観に来ていた。あのときはまだ、ふたりはわたしに期待していた。わたしが進んで主役に手を挙げ、そしてその座を勝ち取ったことを喜び、期待していた。

その思いをわたしは裏切ってしまったのだ。すべてわたしのせいなのだから、お父さんとお母さんがわたしに期待しないことを、恨んだことはない。

「でもさ、奏のパパとママが期待してないのって、今までの奏でしょ」

さも当然といった調子で小路ちゃんは言う。

「きっと今の奏を見たら、パパとママ、腰抜かすよ」

わたしの肩に手を置いて、小路ちゃんがにいっと笑った。わたしは同じようににいっと笑って、鏡の中の小路ちゃんに頷く。

「よし、じゃあ行こうか、奏」

小路ちゃんがわたしの手を引いた。わたしは、鏡の中の女の子をもう一度だけ見てから、小路ちゃんの背中を追いかけた。

そして、間もなく幕が上がる時間となる。

体育館内は人の声と気配に満ちていた。椅子はほぼ埋まっている状態だと、誰かが言っているのが聞こえた。

時間は十二時五十分。幕が上がるまで、あと十分。

助っ人のみなさんはすでに各々の場所にスタンバイしている。わたしたちも配置につかなければいけないが、その前に、部員六人で舞台袖に集まっていた。

さっきからずっと落ち着かなかった。十秒と大人しく立っていられない。呼吸が速くなっていて、少しずつ指先の感覚も薄くなっていた。

「奏、大丈夫？」

小路ちゃんに訊かれ、わたしは正直に首を振った。

「大丈夫じゃない。緊張が、すごい。倒れそう」

一度舞台を経験したはずだったが、だからと言って何かも平気になったわけではない。今からわたしは主演として舞台に立つ。たったひとりで大勢の観客の前に立つ。この間の舞台とは違う。平気でいられるはずがなかった。

「でも、大丈夫」

大丈夫じゃない。でも、大丈夫。この言葉も、嘘ではない。

どこにこんな自信があるのか自分でもよくわからないのだけれど。きっと大丈夫。

わたしはできる。どうしてかそう思えた。むしろ、できるとしか思えなかった。

「うん、奏、あんたなら大丈夫」

小路ちゃんがぎゅっとわたしを抱き締める。わたしと同じくらい小柄なのに、小路ちゃんはいつも、とても大きくわたしを包んでくれる。

「ありがとう小路ちゃん。頑張るよ」

小路ちゃんが体を離すと、すかさずひかり先輩が抱きついてきた。ひかり先輩は香水なんてつけていないはずなのに、とてもいい匂いがした。

「奏ちゃん、わたし、一緒に頑張るからねぇ！」

「いい舞台にしようね！」

「はい、頑張りましょう」

「はい！」

細い体のどこにそんな力があるのか、息が止まるくらいきつく抱き締めてから、ひかり先輩はわたしから離れた。

「次、次はおれっすね！」

「え？」

と問う暇もなく、紡くんの腕の中に押し潰される。

「く、くるしっ」

「奏先輩、おれ、先輩のアネモネ本当に好きなんです。超かっこよくて、役者としてまじで尊敬してます。先輩なら絶対に、最高の舞台をつくってくれるって信じてますから！」

「あ、ありが……」

限界を迎える一歩手前でわたしの体は解放された。死ぬかと思ったが、おかげで呼吸がリセットされて、ようやくまともな息の仕方を思い出すことができた。

しかしメイクは崩れていないだろうか。小路ちゃんが何も言わないから、たぶん大丈夫だろうけれど。

「鮎原さん」

押し潰された頬を撫でていたら安吾くんに呼ばれた。振り返った瞬間、ふわりと背中に腕が回った。

「ひぇ」

「鮎原さん、えっと……頑張ってね」

「あ、はい、うん」

ぽんぽん、と二回背中が叩かれる。安心しろと言われているような気がした。

舞台の上ではわたしはひとりだ。でもいつでもそばに仲間がいる。そう思える。

腕を緩めた安吾くんがほんの少し笑ったように見えたけれど、さすがにそれは暗がりが見せた気のせいだったのだと思う。

「じゃあ最後は」

と小路ちゃんが言う。

みんなの視線が一斉に一維くんのほうへと向いた。一維くんは、ふっと小さく噴き出すように笑ってから、わたしに向かって両手を伸ばした。

「おれとのハグは、幕が下りてからな」

「うぐっ」

一維くんの両手がわたしの頬を包んで潰した。何度かしきりに捏《こ》ねてから、ようやく手が離される。

「い、痛いよぉ」

「ちょっと一維、メイクとれたらどうすんの」

「悪い」

「心配するとこ、そこぉ？」

涙目になるわたしをみんなが笑った。

開演五分前の合図が鳴る。

一維くん以外の部員はそれぞれ配置につくために離れていく。

みんながいなくなって、少し心細かった。でもすぐそばにいることはわかっているから大丈夫だ。わたしひとりの舞台じゃない。これから、ひな高演劇部みんなでつくる、最高の舞台が始まる。

「奏」

一維くんが呼んだ。

わたしの右手を、一維くんの左手が握っていた。

「泣いても笑ってもこの一回きりだ。おまえのアネモネはおれたちだけのもので、誰に比べられるもんでもねえ。躊躇するなよ。失敗しても構わねえし、そもそも何が成功かもわかんねえんだから。自由にやれ。おまえの花を咲かせてこいよ」

わたしの花を、この舞台の上で。

あの憧れた姿に、今度はわたしがなる番だ。

そして、欲張ってもいいのなら、今日この舞台を観に来ている誰かの憧れに、わたしもなれたらいいと思う。

その人がいつかまた別の舞台をつくったら。そんな連鎖が生まれれば、それってすごく素敵なことだ。

「行ってこい、奏」

「うん！」

そして幕は上がる。

アネモネは、旅をしていた。

長い長い旅をしていた。

姿は少女のようだが、本当の年齢はいくつなのかわからない。声は少年のように瑞々しく、話し方は老齢のそれのようでもあった。

アネモネは、これまでの長い旅でそうしてきたように、ここでもまた、出会ったモノに物語を聞いていた。

あるモノは、気が遠くなるほど続けている意味のない行いについて語り、またあるモノは失われた故郷を語り、別のあるモノは珍妙な姿の経緯を語り、そしてほかのあるモノは誇り高い自らの仕事についてを語った。

『星が落ちたら拾って打ち上げるんだ。おれがいなきゃ、夜空は暗闇で埋まっちまうのさ』

アネモネは、自らのことを知らなかった。気がついたときにはこの世界に立っていたのだった。

アネモネの見る世界は、どこか作り物じみていた。アネモネは、それは自分が何者でもないせいであり、そしてこの世界のどこにも自分の居場所がないせいであると思っていた。

だからアネモネは旅をした。そして多くのモノに出会い、彼らの物語を聞くことにした。

自分の知らない世界を知り、彼らの感情を受け取ることで、いつか自分自身を知ることができると考えていたからだった。

しかし、どれだけ旅をしても、アネモネは居場所を見つけることができなかった。

体の真ん中あたりには常にぽかりと穴が開いているようだった。いつか誰かに訊いたときには、そこには心があるべきなのだと言っていた。

心とはなんなのだろうか。それも旅をしたら見つかるのだろうか。

本当に見つかるのだろうか。どれだけ長い間を過ごし、歩いても、何も変えることはできなかったのに。

この世界に自分の居場所なんて、どこにもなかったのに。

アネモネは、旅をした。

旅をして、歩き続けて、やがて一本の大木のそばを通り過ぎた。

ふと、なんとはなしに目を向けると、大木の根元にぽっかりとひだまりができていた。そこには一輪の真っ赤な花が咲いていた。

『やあ』

せっかくなので、アネモネは声をかけてみた。

『やあ』と花は答えてくれた。

『私はアネモネ。遠く、遠くから歩いて来たんだよ』
『それは大変だったね。どうだいアネモネ、よければ少し休んでいくかい？』
『ありがたいけどもう少し歩くよ。まだ疲れてはいないから』
『そうか。ところできみはどこへ行くんだい？』
『さあ、どこだろうね。わからない』
『どうしてわからない場所へ行こうとしているんだい？』
『どこかには、私の居場所があるかと思って』
『居場所なら、きみが決めればいいじゃないか』
『そういうわけにはいかないよ。だって、居たい場所がないのだから』
『どうして居たい場所がないんだい？』
『どうしてだろうね。心がないからかもしれない』
『きみは心がないのかい？』
『そうらしいよ。よく知らないけれど』
『でもきみは居場所が欲しいんだろう』
『そうだよ』
『どうして居場所が欲しいの？』
『世界を変えるためさ。私の世界を変えるためさ。私は、この作り物のような世界に色とぬくもりが欲しいのさ。だって今のこの世界は、こんなにも味気なくて寂しいから。今きみがいるようなひだまりを、私の世界にも探しているのさ』

見上げると、アネモネの目にも太陽が見えた。太陽は差別することなくアネモネにも熱と光を注いでいた。けれどアネモネが欲しいのは、そんなものではなかった。肌の表面に注ぐ熱など求めてはいない。本当に欲しいのは、この体の中心に空いた穴を、埋め尽くしてくれるぬくもりだった。

『そう思うのは、心があるからではないの？』

花が言った。

『きみにはちゃんと心があるよ。きみが気づいていないだけだよ。ねえアネモネ』

花はさらに続けて言う。風に吹かれた細い体が、まるで踊っているかのように見えた。

『世界を変える方法を知っている？　とっても簡単なことなんだ』

そんなわけないと、アネモネは思った。

これほど長く旅をして、それでも見つけられなかった方法だ。簡単であるわけがない。

『心があれば、簡単さ。さあ一度、目を閉じてごらん』

花は軽やかに告げる。アネモネは言われたとおりに目を閉じる。

『次にきみが目を開けたとき、きっと世界は変わっているだろう。いいかいアネモネ、難しいことじゃないんだ。世界とは、いとも簡単に変わるものなのさ。そう、きみの心ひとつで』

花はまるで物語を読むように、暗闇の中のアネモネに語る。

『世界を愛したらいいよ。この世界は美しいもので溢れていると思えばいいよ。この世界は広くて、まだ見たことのないもので溢れていると思えばいいよ。空は青く、太陽は眩しく、雨は優しく、雲は自由で、風はどこまでも共に歩んでくれる。ねえ、アネモネ、きみはきっとなんだってできるし何にでもなれる。この世界の中心は、いつだってきみであるのだから。きみ自身を、愛したらいいよ』

強い風が吹き、アネモネの頬を砂粒が掠めた。痛みはしかし、今ここに生きて存在しているという証でもあった。

『きみの居場所はいつだって、今、きみが居る場所さ』

アネモネはそして目を開けた。

目を開けて見た世界は、何も変わっていなかった。

何も変わっていないはずなのに、どうしてか何もかもが違って見えた。

光は眩しく、空気は甘く、そよぐ葉の音が心地よく、体の中心が滲むように痛い。

ああそうか、これが心か。

アネモネは、自分の中心にあるものに、今ようやく気づいたのだった。

『どうだいアネモネ、よければ少し休んで行くかい？』

花は、先ほどした問いをもう一度アネモネに投げた。

『いいや。ありがたいけど私は行くよ。もっと、この世界を見たいから』

もっとこの世界を見て、もっとたくさんのモノと出会いたい。

そのひとつひとつが自分を形づくる礎となり、また新たな世界を見ることもできるだろう。

これからの旅は、さまよい歩く旅ではない。

自らが求め、出会う旅になる。

何が起こるか、何を起こすか。未来は誰にもわからない。しかしすべては、これまで歩んできた道から続く、これから歩む道の先にある。

『そうか。気をつけていくといい。転ばないように注意して』

『ふふ。少しくらい擦り傷をつくるのも愛嬌さ』

『それもそうだ』

アネモネは花に別れを告げ、ふたたび歩き出す。

胸の奥は満たされたはずであるのに、どこか体は軽かった。

『いつかあの花にもう一度会えたら、私の話をしてあげよう』

この世界で見て聞いて、経験した、私の物語を聞かせよう。

アネモネは、真っ直ぐに、目指すほうへと歩いていく。


大きな拍手が聞こえていた。わたしは幕の下りた舞台の上で、その音を聞いていた。

呆然と、幕の裏を見ていた。舞台が終わったのだと気づいたのは、幕が下りきってから数秒経ったあとだった。

拍手はいまだに鳴りやまない。そして同じくらい、自分の心臓の音も激しく響いてやまなかった。

「……終わった。わたし、ちゃんと、やれたのかな」

見下ろした両手はひどく震えていた。でも足は床を踏みしめ、しっかりとその上に立っていた。わたしは幕が上がったそのときから、幕が下りたそのときまで、この足で立ち、アネモネという少女を演じたのだった。

「一維、くん」

思わず名前をつぶやいた。姿を探すと、左側の舞台袖からわたしのことを見ていた。

ラストシーンの花の役は、一維くんだった。

ずっと一維くんと会話をしていたはずなのに、早くその声を聞きたいと思った。

「一維くん」

まだやまない拍手に紛れ、名前を呼んだ。

「奏」

その瞬間、一維くんが駆け出して、わたしのことを抱き締めた。

ひだまりの中のようなぬくもりが、じわりと肌を伝って広がる。

「奏。ありがとう。最高だった。本当に、最高の舞台だった」

今にも拍手に掻き消されそうな声が耳元でこぼれていた。わたしは一維くんの背中に腕を回し、一維くんに負けないくらいにきつく抱き締め返した。

「うん、すごく、楽しかった。ありがと、一維くん」

一維くんの肩越しに、眩しいスポットライトを見上げた。舞台の上の小さな太陽。

その下で咲く花に、なれただろうか。

うん、きっと、なれたと思う。

「奏ぇ！」

叫び声が聞こえ、小路ちゃんが袖から飛び出してきた。続いてひかり先輩と紡くんも駆けてきて、その後ろから安吾くんがのそのそと舞台へ上がってくる。

「あんたもうまじ最高！　うちら最高！」

小路ちゃんがわたしと一維くんにまとめて抱きついた。ひかり先輩と紡くんもそれに続き、安吾くんも当然のように倣う。

団子みたいになった演劇部員の中心で、一維くんが軽やかに笑う。

「おまえら、一旦解散。まだひと仕事残ってるんだぞ」

「はっ、そうだった」

ひと仕事？　と首を傾げていると、みんながわらわらと離れていき、舞台上に一列に並んだ。とりあえずわたしもどこかに並べばいいのだろうか、と端のほうへ行こうとしたら、紡くんに腕を掴まれる。

「奏先輩！」

「え？」

「失礼します！」

「は？」

と口を開けている間に、わたしはなぜか紡くんに肩車されていた。

「え！　いや、え⁉」

「奏先輩、今日の主役ですから、目立たないとね」

「え、なんで！　てか高っ！　背高っ！」

わたしがパニックになっている間に、紡くんは舞台の中心に立っていた。その両脇にほかのみんなが立っている。

やがて、ずっと鳴り続けていた拍手がひと際大きくなった。

幕がふたたび上がり、わたしたちの目に、大勢の観客の姿が映った。

わたしたちの舞台を観てくれていた人たちだ。果たしてわたしは彼らの目にどう見えていたのだろうか。

強く心に残る舞台となっただろうか。

あの日、わたしたちが憧れて目指した、あの舞台のように。

あの舞台よりも、ずっと――。

「奏先輩、最後のご挨拶です」

みんなが手を繋いでいた。ひとりなぜか肩の上に乗っているわたしは手を繋げないけれど、代わりに紡くんの前髪をぎゅっと両手で握った。

「ご来場、誠にありがとうございました！」

一維くんの掛け声に合わせ、全員でお客さんに向かい頭を下げた。

幕がもう一度下りる直前に顔を上げると、たくさんのお客さんたちの笑顔が見えた。

そして、わたしも。

ようやく上手に笑うことができた。

エピローグ

文化祭の振り替え休日となった月曜。

学校は休みのはずなのに、それでもわたしは学校へ来ていた。

部室で文化祭の打ち上げをするためである。

「えーっと、これはここで……」

しかし、文化祭当日の集合時間に三十分遅刻してしまった反動か、今日はなぜか三十分早く到着してしまった。まだ誰もいない部室で三十分も待ちぼうけるのは悲しいので、わたしは資料室の整理整頓をしてみんなを待つことにした。

「これは……どこだ？」

数冊の台本や資料本を手に室内をうろうろしていたら、ドアがノックされる音が聞こえた。振り返ると、開けっ放しにしていた出入り口に、加賀先生が立っていた。

「あ、先生、おはようございます」

「おう、早いな鮎原」

「この間遅刻して一維くんにめったに怒られたので、今日は早く来ました」

「あはは、知ってるよその話。たこ焼きが止まらなかったんだろ」

中に入ってきた加賀先生は、ずらりと並ぶ本棚の本を感慨深げに眺める。

「増えたよなあ、ここも。おれが学生だったときはまだ少なかったんだけど。おれのふたつ下に資料集めが好きな奴がいてさ。たぶんそいつが増やしたんだろうな」

なんでもないように語っているが、わたしは思わず「え？」と聞き返していた。何やら今、聞き捨てならないことを言っていたような。

「加賀先生、この学校の出身なんですか？」

「おう。結構知られてるはずだけど、知らなかった？」

「し、知らなかったです……」

演劇部のみんなは、加賀先生が先輩でもあったことを知っているのだろうか。知ってはいても、興味のなさそうな人たちばかりだけれど。

「お、これこれ。おれらの代のやつな。おれが二年のときのだ」

加賀先生は、本棚から一冊の脚本を取り出した。それはわたしたちがこの間上演した『ひだまりの旅人』の過去の脚本であった。

十冊以上ある『ひだまりの旅人』の中でも、最もぼろぼろになっている本。

一維くんとわたしの憧れである、九年前の舞台の脚本だ。

「へえ、先生ってその代なんですか。そっか、確か今二十六歳くらいでしたっけ」

「そうそう。まだまだ若造だよ」

「一維くんがその脚本すごく好きなんですよ。ずっと憧れてるって言って。わたしも、そのときの舞台を観たんです。わたしにはシナリオは難しかったですけど、演技してた人に憧れて、その人みたいになりたいと思って」

すっかり諦めていた夢であり、絶対に見ることはできないと思っていた景色だった。

まさか、あの日の舞台に自分が立てるだなんて、つい数ヶ月前まで、考えもしなかった。

「ああ、あのときのアネモネな、おまえのこと褒めてたぜ。わたしを越した、歴代一位だってしきりに言ってたよ」

「そうなんですか、ありがたい……って、え、観てたんですか？　あのときの人⁉」

「ああ、この間言ってたろ、観に行くって」

「言ってたって、いや、知らないですよ」

先生もわたしも首を傾げる。

「まあでも確かに、おまえたちの舞台、すげぇよかったよ。アネモネだけじゃない、シナリオも、藤堂はしっかりこれを越したと思うよ」

加賀先生が九年前の本をぴしゃりと叩いた。

表紙に書かれている名前は『伊藤友久』。一維くんの高い壁となっていた人だ。その壁があったからこそ、一維くんは最高の脚本を書き上げることができた。

「……そういえば、加賀先生の下の名前も『友久』じゃなかったでした？」

先生のことなんて苗字でしか呼ばないから下の名前はほとんど覚えていないけれど、加賀先生は担任だからさすがに覚えている。

確か、加賀友久、と、四月の始業式の日に自己紹介していた気がする。

「この脚本の人と同じ学年で同じ名前だったんですね」

「あ、そうそう。確かこの文化祭のすぐあとに母ちゃんが再婚してな。加賀になったんだよ」

「……ん？」

「だから今も高校時代の同級生はおれを伊藤って呼ぶんだよな」

「んん？」

どういうことだ？

つまり加賀先生は伊藤さんであり、伊藤友久さんであり。

伊藤友久さんはこの脚本を書いた人であり。

この脚本を書いた人は、加賀先生であるということ？

「ええ!?」

「ふふ、これはみんなには内緒な」

加賀先生が人差し指を立てて唇に当てた。

そのとき。

「お、なんだ奏と先生、こっちにいたのか」

一維くんが廊下からひょこりと顔を出した。

「もうみんな集まってるぜ。早く来いよ」

「う、うん！」

ちらりと加賀先生を振り返る。先生は器用にウインクして、九年前の脚本を……歴代最高と言われていた脚本を棚へと戻した。

その横には、わたしたちの脚本がしまわれていた。

「奏！」

呼ぶ声が聞こえる。

「今行くよ」

わたしは走ってその声を追いかけた。

駆け込んだ場所で、みんながわたしを待っていた。

引用文献

宮沢賢治・著『よだかの星』(講談社青い鳥文庫)
新美南吉・著『新美南吉童話集』(岩波文庫)

この物語はフィクションです。実在の人物、団体等とは一切関係がありません。

沖田 円先生へのファンレターのあて先
〒104-0031　東京都中央区京橋1-3-1　八重洲口大栄ビル7F
スターツ出版(株) 書籍編集部 気付
沖田 円先生

ひだまりに花の咲く

2019年7月28日　初版第1刷発行

著　者　　沖田 円　

発 行 人　　松島滋
デザイン　　西村弘美
D T P　　久保田祐子
編　　集　　中尾友子
発 行 所　　スターツ出版株式会社
〒104-0031
東京都中央区京橋1-3-1　八重洲口大栄ビル7F
出版マーケティンググループ　TEL 03-6202-0386
(ご注文等に関するお問い合わせ)
URL　https://starts-pub.jp/
印 刷 所　　大日本印刷株式会社

Printed in Japan

ISBN　978-4-8137-0722-6　C0193

この1冊が、わたしを変える。

スターツ出版文庫　好評発売中!!

切ないほどの愛、夢、そして絆――。
生きる意味を知り、心が満ちていく。

夢もなく将来への希望もない高2の七槻千世。ある日の学校帰り、雨宿りに足を踏み入れた神社で、千世は人並外れた美しい男と出会う。彼の名は常葉。この神社の神様だという。無気力に毎日を生きる千世に、常葉は「夢が見つかるまで、この神社の仕事を手伝うこと」を命じる。その日を境に人々の喜びや悲しみに触れていく千世は、やがて人生で大切なものを手にするが、一方で常葉には思いもよらぬ未来が迫っていた――。沖田円が描く、最高に心温まる物語。

ISBN978-4-8137-0231-3

イラスト／げみ

春となりを待つきみへ
沖田 円
スターツ出版文庫